U0740575

中国式现代化既要有城市的现代化，又要有农业农村现代化，我很关注乡村振兴。

——习近平总书记2023年10月11日在江西考察时的讲话

中宣部2023年主题出版重点出版物

江山如画

水北镇的新生活

李春雷——著

江西人民出版社
Jiangxi People's Publishing House
全国百佳出版社

图书在版编目（CIP）数据

江山如画：水北镇的新生活 / 李春雷著 . —南昌：
江西人民出版社，2023.11（2024.1 重印）
ISBN 978-7-210-14862-3

Ⅰ.①江… Ⅱ.①李… Ⅲ.①报告文学—中国—当代
Ⅳ.① I25

中国国家版本馆 CIP 数据核字（2023）第 179874 号

江山如画：水北镇的新生活
JIANGSHAN RU HUA: SHUIBEI ZHEN DE XIN SHENGHUO

李春雷　著

策 划 编 辑：梁　菁　王一木
责 任 编 辑：章　虹　张志刚
封 面 设 计：游　珑

江西人民出版社
Jiangxi People's Publishing House
全国百佳出版社　出版发行

地　　　址：江西省南昌市三经路 47 号附 1 号（330006）
网　　　址：www.jxpph.com
电 子 信 箱：jxpph@tom.com
编辑部电话：0791-86891201
发行部电话：0791-86898815
承 印 厂：南昌市红星印刷有限公司
经　　　销：各地新华书店

开　　　本：787 毫米 ×1092 毫米　1/16
印　　　张：17
字　　　数：180 千字
版　　　次：2023 年 11 月第 1 版
印　　　次：2024 年 1 月第 2 次印刷
书　　　号：ISBN 978-7-210-14862-3
定　　　价：58.00 元
赣版权登字 –01-2023-436

版权所有　侵权必究

赣人版图书凡属印刷、装订错误，请随时与江西人民出版社联系调换。

服务电话：0791-86898820

目录

第一章

望村庄

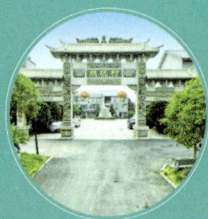

　　此刻，阳光下的熊坑村，在年过半百的熊水华眼中，像镂刻在一块硕大的泥板上，遍布灾难的裂痕：那些老墙旧屋，仍倔强地站立着，却已颤颤巍巍、哆哆嗦嗦，不见当年的坚挺；背阴处，一米多高的洪水浸痕依稀可见，像一把把锈迹斑斑、冷酷无情的刀，欲将整面墙、整栋屋、整座村庄与大地硬生生切割开来。

　　脚下的路，更似被揉搓过，皱皱巴巴，坑坑洼洼。

　　一切，只因去年那场洪水。

江南的春天，照例要比北方来得早一些。

刚进 2 月，春风便如约而至，在明媚的阳光里弹拨起了轻柔的琴弦。转眼间，树便悄悄地换上了翠绿的新衣。河水、池塘变得明眸皓齿，山丘被花蕾映衬得粉面腮红。春天像一个情窦初开的小姑娘，蹦蹦跳跳、叽叽喳喳地来到了面前。

2011 年，清明节。

江西省新余市地界，新红叠旧绿，香樟树早已静悄悄地完成新老叶芽交替。

渝水区水北镇伍塘村委熊坑村村头，一棵翁翁郁郁的老香樟树下，五十六岁的熊水华久久地伫立。

望着熟悉的村庄，双鬓斑白的他，神情格外凝重，脸上的每道皱纹似乎都盘绕着浓密的心事。

但眸子里，有光芒迸射，像两颗小星星在闪烁。

1. 我在熊坑

熊坑不大，憨憨实实，像个没见过世面的孩子，缩手缩脚地藏在水北镇东南方向约五公里处。全村七十二户，人口不足三百，耕地面积仅仅一百二十八亩。

想想吧，人均不足五分地，铆着劲儿种，可着劲儿长，也仅能糊口。要想富裕，那真是墙上挂帘子——没门。

村子位于蒙河下游，地势低洼——熊坑，绝非无来由。若遇蒙河发大水，这里会率先沦为泽国，乡亲们辛辛苦苦攒下的家业，一夜间可能化为乌有。

祖祖辈辈,熊坑人日子难挨。

1963 年,八岁的熊水华随父母由分宜县双林镇迁回熊坑村,与村里的同龄人一起,在香樟树下,在蒙河岸边,在水稻田中,开始承受生活锤炼、品味人间甘苦。

心中有光,不惧夜路。

饱尝生活的不易,熊水华渐渐长大。缺乏营养的他,个子瘦小,内心却始终燃着一团火,一团立志改变生活现状的火,一团水北人血脉中必定流淌的火。

初中毕业,现实条件不允许他继续学业,熊水华一步三回头地离开校园、走向社会,跟着父亲去了分宜县,从学木工开始、从小学徒开始,艰难地跋涉、攀爬。蒙河的水、红土地的米,滋养了他的敦厚聪慧;生活的难、日子的苦,激发了他的勤奋好学。十九岁,熊水华已在单独创业。

新余一带,素有"无樟不成村"一说。香樟树三三两两、郁郁葱葱,伫立在这片红土地的角角落落。香樟木质坚韧,带有特殊的樟脑气味,用其打造的家具经久耐用、不遭虫蛀。熊水华感恩家乡天然的馈赠,用樟木为乡亲们打造上供用的八仙桌、女孩子出嫁用的箱柜……由于制作的家具款式新颖、物美价廉,诚实守信的熊水华成为三乡五里最受欢迎的小木匠。

风华正茂的年纪,熊水华赶上了改革开放。

乘着这股强劲东风,意识超前的他,从手工作坊拓展到了建筑行业,尝试起了业务承包,从此开启了新征途:从走村串户到城市立业;从单纯的建筑行业到房地产行业;从分宜、新余到宜春、信丰,再到山东菏泽……熊水华开足马力,奋斗的足迹遍布江西,迈向全国。

一幢幢高楼在他手中拔地而起，熊水华感到莫大的欣慰。

然而，回眸家乡，回眸养育自己的熊坑，他又瞬间跌入巨大的惆怅。外面的世界越是喧嚣、精彩，熊坑的土墙灰瓦越显得低矮、凋敝。为改变这一切，熊水华先是带领同族兄弟外出务工，接着是同村的年轻人，渐渐地，又拓展到周边村庄。青壮年们三三两两、成群结队地走出熊坑，走出水北，懵懵懂懂地踏入城市，顺应国家发展的大潮，融进了城市建设的雄壮大军。

几人，几十人，几百人……

水北的后生们辞别家乡，浩浩荡荡奔向陌生而广阔的天地。他们为城市的发展出力、流汗，也开阔了视野，改变了人生，过上了体面的日子。凭着吃苦耐劳的品性和精工信义的操守，经过多年跌跌撞撞的求索，从熊坑这个小小的自然村，走出了以熊水华、熊水生、熊九仔、熊习生四兄弟为代表的多位民营企业家。

老村记录着沧桑过往

　　走出去的熊坑人有了体面的生活，留下来的乡亲以及挪不走的老村，却在几十年的风吹雨打中变得愈加憔悴、苍老。此刻，阳光下的熊坑村，在年过半百的熊水华眼中，像镂刻在一块硕大的泥板上，遍布灾难的裂痕：那些老墙旧屋，仍倔强地站立着，却已颤颤巍巍、哆哆嗦嗦，不见当年的坚挺；背阴处，一米多高的洪水浸痕依稀可见，像一把把锈迹斑斑、冷酷无情的刀，欲将整面墙、整栋屋、整座村庄与大地硬生生切割开来。

　　脚下的路，更似被揉搓过，皱皱巴巴，坑坑洼洼。

　　一切，只因去年那场洪水。

颤颤巍巍的熊坑老村

2010 年 5 月上旬，老天爷似乎遇到了伤心事，情绪失控，接连几天抽抽噎噎、哭哭啼啼，村外的蒙河水噌噌上涨。大水浑黄，极不安分，眼瞅着要漫过河堤，令人胆战心惊。昏天暗地中，熊坑人只能默默祈祷，祈祷能平安度过汛期。

然而，事与愿违，十之八九。

熬到 5 月 12 日，铺天盖地的大水再也不甘束缚，以凶猛的、摧枯拉朽的气势越过河堤，向村庄扑来，很快就将小小的熊坑置于一片汪洋。村里的老房被冲毁殆尽，仅有的几栋楼房成为孤岛。人们纷纷逃往高处，财产损失惨重。

再苦再难，日子也要过下去。

大水退去，面对一片狼藉，熊坑人肠断心碎，但没有怨天尤人。沉默中，乡亲们开始重整家园。房子垮塌的，暂时搬去亲戚家；能修葺的，拆拆补补、垒垒砌砌，但求遮风挡雨。最无助的，要数村民熊小保（化名）一家。四十多岁的他，本就有些思路不清，老婆也不灵光，孩子又太小，虽说破旧的土坯房仍在，洪水却毁掉了并不丰厚的家底，房子也是上漏下湿，随时可能坍塌。一家三口的日子混沌迷茫，似乎再也望不到困苦的尽头。

各级政府尽了最大努力，奈何点多面广，只能先解决村民们的生存问题……

有风拂过，头顶的香樟树枝叶婆娑，剪碎了光影，但熊水华并未觉出清爽来，抹了一把额头上的细汗，他长吁一口气，朝村巷尽头望去。本是一天中最忙的时候，却不见几条人影。不远处，一只土黄的老猫懒洋洋卧在门前石阶上，街道旁还有几株歪歪扭扭的老树、几蓬从墙根下挤出来的野蒿。

众多静默的剪影，放大了熊水华内心的空荡，像独自立于幽深、冷寂的隧道中。

这种感觉，令他难过。

————— 2. 试探 —————

水北人恋家。过去，清明祭祖，甭管跑出去多远，哪怕天上下刀子，也会顶着锅盖往家赶。这次，不仅熊水华，熊水生、熊九仔、熊习生等人也返回了村庄。

生意忙，以往几人顶多在村里待上一两天，但这次，眼看水灾过去近一年，熊坑村仍一片褴褛，乡亲们仍在困境中苦苦挣扎，几兄弟心里很不是滋味，想做点什么，又不知从何入手，不知该朝哪个方向发力。惆怅加彷徨，离乡的脚步就被羁绊了。

熊水华在村头的香樟树下徘徊，也是这个原因。

不知过去多久，暖风包裹下，熊水华的心结似乎有了松动，紧锁的眉头渐渐舒展。他掏出手机，先后拨通了兄弟们的电话。

几个人都是熊水华带出去的，他说话有分量，接到电话，大家很快齐聚村头。

"看看咱们的熊坑吧。"熊水华望着眼前的世界说。

几兄弟目光深沉，皆投向盛阳下的熊坑村。光线强烈，村庄像曝光过度的照片，仅剩下若隐若现的线段勉强支撑整幅画面，显得愈加脆弱不堪。

"大哥，您的意思，"熊水生轻声说，"咱哥几个出钱，将这些危房修缮一下？"

"修修补补，恐怕无济于事啊……"熊水华喃喃道。

"是，地势低洼的那些，加固也白搭。"熊水生反应过来。

"再遇洪水，还得塌。"熊九仔接茬。

"就是。"熊习生也说。

汉子们的话，令熊水华的心绪清爽了些。他手搭凉棚，朝村庄深处又望了几眼，脸上的皱纹被阳光熨开了。

"终有一天，咱们还要埋在这里，不能看着它烂下去。"

"大哥，您有了谋划？"熊水生问。

"我呢……"熊水华沉吟片刻，说，"一直有个心愿，想让熊坑变得漂亮起来，让后代不必再受咱们受过的苦。"

探寻熊坑田园图景（左为熊水华，右为熊九仔）

"要不，咱按新农村建设的标准重建熊坑？"熊水生说。

熊水华笑了。水生的话，正中他的心坎，但他只是拍了拍兄弟的肩，没有表态。

以熊坑目前的状况，要建设新农村，绝非小事，资金倒不是主要问题，而是各方的态度。去年，也是水北镇的某个村，有一个企业家想在村里修个小广场，美化村容村貌，涉及一户人家的菜园子，结果村里没能协调好，那户人家就有怪话抛出，说这个企业家在外面赚了钱，回村摆脸（显摆）来啦——商海鏖战了大半生，熊水华深知人心最难揣摩。况且，有些人的仇富心理很强，认为但凡在外面发了财的，挣的都是不义之财……

摸清乡亲们的态度之前，熊水华不能轻易把话说出去。水一旦泼出去，想再收回来可就难了。

翌日，熊水华在村里转了一圈。路过村中央的众厅（众人聚会议事之所）时，他停住了脚步。

三进的众厅，栉风沐雨多年，已呈衰落、颓败之势。去年的洪水，更令其雪上加霜。第二进屋顶坍塌得厉害，像被流星砸过，地面蒙了一层灰褐色、滑腻腻的苔藓。

眼前景象，令熊水华一阵揪心。

"还是……先将众厅推倒重建吧。"他似乎在自言自语。

同行的几位村民，包括村支书邹春生，都没接茬。

"资金呢？"村主任傅金香没忍住。

"这样，咱每户按人头各出二百元，剩下的我兜底。"熊水华声音不大，但字字清晰。

众人一愣，这相当于他自己全掏。

　　傅金香把这个消息告诉村里人时，大伙儿除去一脸的羡慕外，并没觉得有啥稀奇。

　　"老熊的资产，起码四五个亿了吧？"有人不无醋意。

　　"应该不止。"有人一脸神秘。

　　"别管多少，都是人家辛苦打拼的，又不是大风刮来的。"有人仗义执言。

　　"为你花一分啦？"有人讥讽道。

　　"你为村里花一分啦？"

　　"我哪儿有钱？"

　　"没钱说啥风凉话？"

　　…………

　　闲人们的议论，熊水华全然不理，也不想理。

　　小时候，熊水华家境困难，村里人没少帮助他们家，这种恩情刻骨铭心。如今，他已过知天命之年，晓得什么该做加法，什么该做减法了。再说，村庄看似平静，其实内里蛮复杂，对那些先富起来的大小民营企业家，人们的心态不一，有议论也很正常。

　　熊水华只信一条：事实胜过雄辩。

　　早几年熊水华回熊坑，大家知道他发了财，就有人身前身后撺掇，让他学水北其他民营企业家那样，在村里盖一幢大别墅，来个鹤立鸡群，威风威风。

　　"要建，就大家一起建……"熊水华憨憨一笑。

　　"哟，熊总，好大的气魄呀！"说话人话中有话。

　　"自己住得舒服，乡亲们却住着旧房老屋，咱心里不自在。"熊水华仍是一笑。

新众厅竣工那天，全村男女老少都来了，在一起热热闹闹地聚餐。酒过三巡，熊水华带着熊水生等人，正式向大家提出了重建熊坑村的设想。

"咱们把地势垫高，一切重建，让咱们熊坑变成美丽新农村！"熊水华脸上红扑扑的，绽放出孩子般的灿烂笑容。

有人鼓掌，有人微笑，有人缄口不语。

邹春生心想，熊总这是借着酒劲说的话，等酒醒了，未必当真——倘若建个众厅算九牛一毛的话，全村新建，就是九头牛！

此事不能当真。

邹春生也不敢当真。

作为村支书，他当然希望熊坑村能彻底改头换面，乡亲们都能过上体面的新生活，但熊氏四兄弟都是饿肚子长大的，从一贫如洗到腰缠万贯，尝尽人间酸甜苦辣，钱来得不易，哪会大把朝外撒？

众人继续吃菜喝酒，却有了别样的味道，菜到口内变咸了，酒到舌尖变淡了。

3. 七彩梦

三天过去，五天过去，半个月过去，熊坑村寂静如初。

那些老宅旧屋终是放弃期盼，各自懈了劲儿，显得愈加颓败。人们已将熊氏四兄弟的话当作一阵风，刮过去就刮过去了。哦，勿要癞蛤蟆想吃天鹅肉，日子该怎么过还得怎么过，老屋外墙该考虑加固了，屋内墙皮也该抹一抹、刷一刷了。

人嘛，还是现实些，靠谁不如靠己——本不抱希望，也就谈不上失望。

其实，时光之箭仍在空中飞，只是需要一点儿耐心罢了。

这天，伍塘村委会议室内，邹春生与傅金香等人正在商谈危房改造事宜，熊氏四兄弟微笑着鱼贯而入。

熊水华开门见山："邹书记，咱们计划一下，把村里的房子都拆了吧。"

"都拆了去哪儿住啊？"邹春生以为老熊在开玩笑。

"让大伙儿暂时克服一下，能投奔亲戚的投奔亲戚，能租房的租房。"熊水华示意大家坐下，而后解释道，"我们兄弟几个，准备出资为每家建一套别墅。"

"建别墅？"傅金香霍然站起身，惊讶道，"还——每家？！"

"熊总，你们想好啦？"邹春生同样震惊。

"老熊，你这是为啥呀？"其他村干部也问。

熊水华脸微微一红。"其实，这是我一直以来的梦想……"他轻轻挠了下头皮，"小时候，乡亲们没少帮助我们几个，如今，大伙儿的居住条件还这么差，咱心里哪能舒服……"

"熊总，这可是……全村建别墅啊！"邹春生仍显不安。

"放心，我们几个已经商量好了。"熊水华说。

熊水生、熊九仔、熊习生三人不约而同点了点头。

"我们找村委来，就是想研究一下具体实施办法。"熊水华郑重道。

"那可真是太好啦！谢谢……谢谢几位！"邹春生站起身，搓了搓手，目光灼灼地说，"村委全力支持！"

几双大手，握到了一起。

消息，仿佛长出飞毛腿，眨眼工夫，跑遍了全村。

熊坑人走出老宅，议论纷纷。

"老房全扒掉，新房子能盖起来？"

"建大别墅？！万一拆着拆着老熊反悔，岂不烂尾喽……"

…………

兴奋、焦灼、质疑、不安中，村民大会召开了。

熊坑要建设美丽新乡村，发黄发皱的老照片要变身高像素的靓照。

全村计划建造十八栋联排别墅，共七十二套，每户一套，每套三层。低保户、困难户每户免费分配一套；其他村民每户收费三万元，其余费用皆由熊水华四兄弟承担。

会场内，好似兴奋的蜂群飞进了怒放的花丛，嗡嗡声一片。

"这是真要新建啊？"

"大会都开了，还能有假？"

"为啥每户要收三万块？"

"还不是为了让你放心。"

"怎么收钱还放心了？"

"你想，你细想……"

"哦……对呀！"

"不收钱，你心里能踏实？熊总他们早想到了，收了一点点成本费，这房子就是你家的了，可以父传子、子传孙！"

"哎呀，老熊他们想得可真周到……"

"好啊，好啊，咱们穷熊坑，终于要变成新熊坑、富熊坑啦！"

有老者抬起粗糙的手，颤抖地抹起了泪盈盈的眼角。

期盼中，宜春建筑设计院的设计师走进了熊坑，开始实地勘测。

熊坑村新农村建设奠基仪式

　　像吹响了冲锋号，村民们参与热情高涨，很快就将老宅搬空。机械轰鸣声中，一间间摇摇欲坠的老屋在人们的注视下，卸下沉重负担，长吐一口黄烟，回归了大地。为彻底改变每遇洪水就被淹的厄运，新村地基比原来足足垫高了两米半，仅这一项便投资不菲。

　　熊水华认为这钱花得绝对值。

　　"熊总，新村建好了，产权归村民，你不怕房子被卖掉？"有人悄悄问他。

　　"房子本来就是大伙儿的，卖不卖是乡亲们的自由，我不会有任何说辞，更不会干涉。"看着正在修整的地基，熊水华微眯的眼中有光闪过，"把熊坑建成美丽家园，这就是我最大的心愿，其他的，不重要。"

　　2012年4月，熊坑新村建设全面动工。

　　熊坑重建幸福新村的消息，像一道划破夜空的闪电，让水北镇党委书记周金林眼前一亮。

作为熟悉乡村状况的"老基层",2011年4月赴任水北镇以来,通过持续走访,周金林早就发现,相较于渝水区其他乡镇,水北镇很特殊。

谁都有梦想,水北人的梦想更强烈!

改革开放以来,水北镇五万多的人口,竟有两万余人走出家乡,奔赴全国各地做建材、建筑等生意。他们从当农民工开始,潜心学技术,做小包工头,做小建筑商,渐渐做大,最后做成开发商……他们不断树立梦想,努力圆梦、奋力超越,从不甘于现状。

如今,这些走出去的水北人,很多成长为实力雄厚的民营企业家。水北乡村的治理与建设,能不能借助这些力量呢?

民营企业家们,无论曾经多么贫寒,无论现在如何成功,对生他养他的故乡都怀有一种天然的、神圣的感情。这些人有能力,有眼界,有财富,有情怀,只要给予真诚关爱和积极引导,就可以激活他们报效故乡的赤子之心。

这些民营企业家的爱心回乡,便是乡村振兴极有利的资源。

事实上,赴任没多久,周金林就有了这个想法。给他初始推力的,也是一位民营企业家——从慕江村走出去的习润根。

两人之所以有了交集,源自一场纠纷。

一场山界纠纷。

第二章

水北之困

　　周金林原在毗邻水北镇的人和乡工作，两地鸡犬相闻，水北民风早已了然于心。

　　任职水北后，通过细致走访，他愈加清楚了水北民风彪悍的根源：水北镇位于五县十乡（镇）交界地，乡镇边界线长，靠近边界线的都是上千人的大村，加之自然资源贫瘠，人多地少，乡村建设缺乏有力的经济支撑，乡亲们生活不尽如人意，为了维护有限的利益，遇事必然拼尽全力。

　　但是，这种敢闯敢干、敢作敢当的性情，换个角度看，也是乡村发展的动力……

赣鄱大地江西，素有"文章节义之邦，白鹤鱼米之国"的美称，自古英豪辈出。

陶渊明"采菊东篱下，悠然见南山"，为古今隐逸诗人之宗。欧阳修、王安石、曾巩，文采惊天，唐宋八大家，赣有其三。尤其是王安石，"天变不足畏，祖宗不足法，人言不足恤"，虽然变法失败，却被誉为"千古一相"。汤显祖创作"临川四梦"，被誉为"中国戏圣"和"东方莎士比亚"。洪皓出使金国，被扣十五载，坚贞不屈，全节而归，号称"苏武第二"。文天祥"人生自古谁无死，留取丹心照汗青"，浩然正气，万古流芳。

水北，同样多出勇义之士。

4. 彪悍气

水北镇位于新余市北约三十五公里处，内辖水北村，以村名镇。赣中名山蒙山，耸峙西南；拾年山遗址，史前文化，遗存厚重；汤汤蒙河，穿境而过，因丘陵地貌，除去两岸外，干旱时有发生。

水北镇全域一百三十一平方公里，五山四田一分水，人均耕地不足一亩，农业经济极不发达；全镇一百七十二个自然村，似晨星点点，散落蒙河两岸；各自然村组，大多一姓一村，受历史、地理、人文等多重因素影响，宗族派性历来明显，村与村之间、姓与姓之间，常为一些小事争吵，甚至闹到不可开交。

大河弥弥，岁月绵长。

这年腊月，再有几天就是年三十了，水北上空弥漫着浓浓的年味，喧腾腾、甜丝丝。年前的最后一个集市上，人挨人、人挤人，大人拽着孩子、孩子扯着大人，哪怕挤掉鞋子，人们也不想错过这个采购年货的最佳时机。嘈杂声，叫卖声，鸡鸣犬吠声，零零碎碎的磕碰声，各种声音杂糅一团，构成一部人间烟火交响乐，煞是热闹。祥和中，集市的某个角落，突然有人爆出高腔，像腾空而起的双响炮，瞬间吸引了人们的注意力。

原来是两个摆摊卖菜的村民争吵起来。

只见他俩一个虎着脸，一个眍着眼，嗓门一个比一个高，气势一个比一个大，你言我语，我咒你骂，耐性很快被火气打败，愤怒终将理智击垮。双方的炮捻儿同时被点燃，手脚就伸了出去，我攥住你衣领，你卡住我脖子，我踹你一脚，你还我一腿，嘴仗升级，变成了干仗。一时鸡飞狗跳、尘土乍起，市场变成了决斗场。

打架的二人，来自附近的两个村庄。人群中杂有双方村民，围着拢着，很快心浮气躁，皆认为自己村的吃了亏，顿觉脸上无光、心中生火，于是撒丫子跑回各自村里，喊来两拨人。刹那间大风起兮、黑云压境，一场恶斗即将上演。好在镇派出所民警闻讯及时赶到，将激愤的人群强行分开，又在后续到来的镇、村两级干部协助下，连说带劝、连唬带吓，好一番折腾，总算平息了事态。

仅因争抢一个摊位，就闹得如此不可开交，倘若碰到争水争路、争田争地，抑或遭遇车祸等人身意外，涉及真金白银赔偿的大事，乡亲们更是兴师动众、群呼群闹，不达目的不罢休。用水北人自己的话讲，就是"大闹三六九，小闹天天有"。

周金林原在毗邻水北镇的人和乡工作，两地鸡犬相闻，水北民风早已了然于心。

任职水北后，通过细致走访，他愈加清楚了水北民风彪悍的根源：

水北镇位于五县十乡（镇）交界地，乡镇边界线长，靠近边界线的都是上千人的大村，加之自然资源贫瘠，人多地少，乡村建设缺乏有力的经济支撑，乡亲们生活不尽如人意，为了维护有限的利益，遇事必然拼尽全力。

但是，这种敢闯敢干、敢作敢当的性情，换个角度看，也是乡村发展的动力，只要扬长避短，水北一定会成为春风和煦的美丽新家园。

理想丰腴，现实却骨感。

赴任水北仅一个多月，乡亲们就给周金林上了一堂生动的"实践课"，使他突然明白，有些事想到就要尽快做到——作为水北镇的一把手，他居然被当众"撕"破了衣服，着实丢了些脸面。

起因并不复杂。

慕江村委的两个自然村之间，隔着一座小山包，因为有人要租山，在山界寻不到界桩，村民们便争论起来。结果你不让我，我不让你，争论变争吵，话头撵话尾，捋胳膊挽袖子就要开干，好在被及时赶来的村干部制止。

架没打起来，事情也没解决。

不解决事情，最终还得打到一起。

村干部硬着头皮开始劝，从过去到现在，从现在到将来，就差讲"万里长城今犹在，不见当年秦始皇"了，说得嘴角酿白沫儿，根上的问题却没法解决。

谁也不能凭空变出一根界桩来。

最终，村干部唾沫说干了，脑汁绞尽了，再也没了法子，索性两手一摊，矛盾上交，将事情推到镇里。水北人向来不怵找政府，更不怵找当官的。

于是，闹腾腾一群人，气呼呼赶往镇政府。

进了院，不顾阻拦，众人直奔书记办公室，要找一把手讨个说法。

周金林正在伏案忙碌，听到动静，起身刚想出去看看，门就被"砰"的一声撞开，几名妇女生龙活虎地冲了进来，一个个脸红脖粗，吵吵嚷嚷，像发生了天塌地陷的大事。

镇里的工作人员紧随而入，皆一脸无奈。

周金林在乡镇工作多年，各种场面见多了，即便如此，也不禁一愣。

他强迫自己冷静下来，听了一会儿村民们七嘴八舌的诉说，才笑着开了口："表嫂们，这样乱吵吵可解决不了问题啊。这样，请这位表嫂代表大家讲，好不好？"说罢，他朝口齿最清晰的那名妇女示意了一下。

他这话没问题。屋里暂时安静下来。

那妇女立刻来了精气神，叭叭叭，以极快的语速将事情大概经过讲了一番。她刚讲完，另一方却有了意见，认为她表达失之偏颇，会让领导误判，也要讲。短暂的平静又被打破，女人们你一嘴我一嘴说起来没完，像热锅炒爆豆，说着说着，又互相指骂起来，就差伸手扯对方头发了。

"大家冷静一下，双方各出一个代表，慢慢讲。"周金林高声制止道。

女人们又吵吵了几句，总算推出各自代表。周金林让她俩慢慢说，将事情的来龙去脉彻底搞清楚了。本来，这样的事儿，不必周金林这个镇党委书记出面，村里也可以办，但既然村里推到镇上来了，他便不能再推回去。乡亲们的眼睛能透视，他是党委书记，全镇最大的官，若放着百姓的事不管，学会扯淡踢皮球，搞不好小事也能扯开大窟窿。

周金林深吸一口气，望了望眼前这一张张粗糙、黝黑的脸，有些心疼，有些生气，也有些酸楚。这些乡亲们，这些表嫂们，日子过得都不容易啊，若非如此，谁会为了一寸两寸的山坡地大动肝火。

周金林勉强笑了笑，大声说："大伙儿的诉求我听清了，也听明白了，这样……"他略微停顿，用平静的目光扫视了一下众人，"大家先各自回村，镇里呢，随后就派人去现场处理……"

类似纠纷，的确需要实地调查、多方取证，周金林所说合情合理。可是村民们不这么想啊，大伙儿气冲冲跑到镇里来，就是想让镇领导快刀斩乱麻，当场给断个谁是谁非，让事情有个了结。此刻，才说几句话，就让回去等待结果，那要等到猴年马月？

于是，人群中起了嘀咕。

"我就说吧——来镇里也白搭，纯粹耽误工夫！"

"现在的干部，别的不行，可会扯淡踢皮球……"

…………

5. 银色鱼儿

几句牢骚话，冷水泼油锅，瞬间把村民们的火气激了出来。

"你们这些光吃饭不干活儿的官，就会让我们跑来跑去！"一名妇女扯着嗓子嚷道。

周金林又是一怔，竟不知该如何应答。

"你怎么说话的，谁吃饭不干活儿啦？"旁边，镇办公室主任听不过去，回了一句。

这一下，可捅了马蜂窝。

水北人哪儿会吃这个瘪？几名妇女立刻火力全开，呼啦啦围上前去，不容分说，动手就撕扯办公室主任，拽衣服的，扯头发的，抓脸的……乱成一锅粥。

"都住手！"周金林急忙大喊，"表嫂们，听我解释！"

乱军之中，谁还听他说话啊？眼看一个大老爷们儿被妇女们撕扯得狼狈不堪，为平息事态，更为保护同事，周金林只得心一横，也冲向人群，想把办公室主任拽出来。谁料不过去还好，这一掺和，几名妇女以为他要帮办公室主任，立即将他当成目标，一名妇女一把拽住了他的上衣，抬手就朝周金林脸上抓来。怕眼镜被抓掉，周金林急忙躲闪，却听得刺啦一声，衣服被撕出一个大口子。

众人皆呆若木鸡。

周金林自己也愣了。

有同事催他去食堂吃晚饭，周金林换了件衣服，面如止水地出来。

餐桌前，没有人再开玩笑，均低头默默吃饭。大家知道，周书记看着平静，内心肯定烈火熊熊。

周金林内心的确不平静，但并非跳动的火焰，而是涟漪，一圈又一圈，朝四下荡漾，每一圈都是一幅情境，里面映照着一张张脸，憨厚的，狡黠的，快乐的，悲伤的，热情的，愤怒的……他咀嚼着米饭，回望内心，仔细辨识，哦，那些面孔，是他上任一个月以来，记住的水北乡亲们。

他在心里笑了笑，笑容在环形波纹上闪烁几下，口中米饭有了稻谷的香甜。通过前期的走访，他对水北人的性情多有了解，乡亲们的心是向上向善的，人也是可爱的，关键看怎么引导，怎么帮他们解决实际问题。

单凭一张嘴，拿不出好办法，早晚还被"撕"。

周金林低头扫了一眼新换的上衣，又胡乱吃了一会儿，站起身，出食堂回到办公室。待大家差不多都吃完饭，他才打电话给办公室主任，请几位在单位住的镇领导去了会议室。

再出来时，苍穹深黛。

忙了一整天，又加班开了一个多小时的分析会，周金林居然毫无困意，索性独自出了镇政府大院，朝马路对面的颖江公园走去。

5月的水北，夜风徐徐，不急不躁。头顶的深邃夜空中，有点点星光若隐若现，水北集市周围的灯光亦朦朦胧胧，如纱似雾，将路旁的香樟树映衬得影影绰绰，有的像驻足深思的老者，有的似翘首远眺的少年，为茫茫夜色平添静谧之美。颖江公园内，周金林目光平视，时而脚步轻盈，时而步履沉重，内心已是冰火两重天。

白天的画面，在他脑海一遍遍重放。

被乡亲们一气之下撕了衣服，想来不是坏事，起码提醒了他这个镇党委书记不可遇事敷衍，不可墨守成规，要学会换位思考，及时转变工作思路，要寻找新的、最佳的解决路径。

乡村社会，村民关系盘根错节，村民境遇各不相同，村民诉求不容忽视。想做好乡村的治理工作，不能照搬城里的那套做法。治理熟人社会，依法依规重要，但绝非一是一、二是二那么简单，更不能采取非黑即白、一刀切的生硬手段，需要摸索、尝试，需要到实践中去总结。

摸着石头过河，才可以试探出深浅，才能知道哪块石头可以站稳脚跟，不至于失去重心，一头跌入河中。

古代社会，皇权不下县。县下唯宗族，宗族皆自治，自治靠伦理，伦理维护靠乡绅。历代乡村治理，倚重的不是政府，而是地方乡贤。在那时的老百姓眼中，国法固然巍峨高耸，但在实际生活中，他们并不将"法不法"放在首位，而是遵循"服不服"。

服，什么事都好办。

不服，遇事让你寸步难行。

乡村治理，仅靠公心、耐心，还远远不够。

头顶，繁星点点，渐次清晰，似争先示人的晶莹宝石，周金林的脚步也逐渐变得轻盈。在乡村，土地是农民的命根子，因地界、山界、田界、水界等引起的纠纷，司空见惯，无法杜绝，但只要肯用心，肯放下自以为是的身段，肯站在老乡们的角度思考问题，解决起来，也没啥难度。

今天，乡亲们采取如此激烈的方式，一群人吵吵闹闹地来镇政府耍武行，无非是想跟镇干部要个态度——你们究竟管不管？只要镇政府态度明确，不偏不倚，为两个村子重新厘定山界，其结果就能以刚性契约的形式固定下来，矛盾也就化解了。

村民们有纠纷，知道来镇政府要说法，是对基层干部的一种信任。

社会进入新时代，问题仍是老问题。想让老问题得到根治，不演变成新问题，就要新思想新办法。

思绪，如潺潺蒙河水，在周金林的脑海中汩汩流淌。突然，一个新思路像银色的鱼，嗖的一声跃出水面，刹那间，周围的灯光显得明亮起来。

周金林摸出手机，拨通了慕江村支书的电话。

6. 近乡情

历史上，江西诞生了江右商帮，曾与晋商、徽商鼎足而立。位于水北镇东南方向约六公里处的黄坑古村，当年那些"一个包袱一把伞，走遍天下当老板"的黄坑商贾，便属于江右商帮。

明清时期，黄坑傅氏，商贾辈出，至清道光年间，已达鼎盛之势，除一户官差外，各户均参与经商，其棉花、布匹生意一度垄断江南，在外当铺多达数十家，号称"江南第一当"。村南的颍江（今蒙河）码头，船来客往，甚是繁忙；通向四周村庄的道路，皆铺设了青石板，商贾云集。黄坑村成为远近闻名的粮棉集散地，呈现一派繁华景象，至今仍遗存了气势恢宏的古村落。

因人多地少，农业欠发达，加之传统使然，崇商基因早已流淌在水北人的血脉之中。

改革开放以来，从水北走出去的民营企业家不胜枚举，周金林通过逐村走访，已耳熟能详。这些企业家能量很大，不仅在经济方面，社会影响力方面同样如此——伍塘村委熊坑村的熊氏四兄弟，上村村委邹家村的邹细保，慕江村委的习润根……

此刻，周金林给慕江村支书支的妙招，就是请在外经营企业的习润根回来，共同化解两个自然村的山界纠纷。

"能行？"慕江村支书犹疑道。

"肯定没问题。"周金林笑着说。

"那……我试试。"

翌日清晨，一番纠结之后，慕江村支书给习润根打去了电话。

千里之外，广西北海。水北人习润根正在其新开发的楼盘项目上忙碌，接到村支书的电话，他本可以推脱，说自己忙，说这件事与他无关……怎么说都可以，村支书不会有二话。毕竟，习润根没在村委担任职务，近几年，无非偶尔回趟老家罢了。他真的很忙，没那么多闲工夫。

出人意料，习润根爽快地答应了，随即放下手头一切工作，快马加鞭朝水北、朝家乡赶来。

归途，望着车窗外一闪而过的山川、河流、村庄、农田、树木，习润根不由得思绪纷飞，心头似乎也有一棵枝繁叶茂的香樟树在摇曳，在朝他招手，滋润这棵大树的，正是家乡的蒙河水。清清的河水，像一面面流动的、起伏的镜子，映照出一张张熟悉的面孔，令习润根心中渐渐升腾起丝丝缕缕、飘飘袅袅的惆怅，眼睛也随之湿润起来。

心有感召，他想到了四十年前在水北、在老家过春节时的情形。

那时候真穷，但没影响一个孩子的快乐。

年三十，除夕夜，没有电视，更别提春晚了，人们却感觉有忙不完的开心事。全村人都聚在众厅里烤火，老人们大多围着火堆聊一年的收成，聊村里村外的事，聊家长里短；青壮年则围着桌子打扑克，谁输了就往桌子底下钻一圈，引得阵阵哄堂大笑；最开心的，要数他们这些小孩子了，可以敞开肚皮吃顿饱饭，吃饱了喝足了，捉迷藏、打宝、推铁环、放一毛钱的鞭炮，女孩们则踢毽子、跳房子……众厅里热闹得像张年画，哦，不，比年画可热闹多了。

个别家境稍殷实些的孩子，还能收到一块两块的压岁钱，大多数孩子只有一毛五毛的，即便如此，孩子们依旧欢天喜地。好吃的当然有，不是现在的水果、坚果，而是母亲亲手做的红薯片、烤烤圆子、炒花生、油枣、油煎玉兰片。但不让敞开了吃，母亲会先留一部分准备待客用，余下的，等份分给孩子们，让他们各自保管。习润根总能留到最后才吃。

父亲知道他的习惯，常跟他开玩笑："你的零食藏在哪儿啊？"

小润根就摇头。

父亲吓唬他："等一下，会被老鼠偷吃掉！"

小润根急忙跑去零食藏匿点查看，身后传来父亲的笑声。

车窗内，中年习润根的脸上也浮现笑意，恰似当年父亲的表情。

父亲是个注重仪式感的人，日子艰辛，也没能磨灭他对生活的热爱。年三十早饭后，大门口摆条樟木凳子，母亲会煮好一只完整的鸡和一块肉放上去。待孩子们放完鞭炮后，父亲又在桌上香炉里插上三支香、两根烛，点燃，带领全家祭拜祖先，期待祖先保佑来年风调雨顺、全家平平安安。接着要贴春联、福字、开门大吉，八仙桌前贴毛主席像。年饭做好后，要先端一碗放到灶台上，敬灶神爷、太公太婆，嘴里还要叫各路神仙来享用。三十的火、十五的灯，到了正月十五晚上，父亲会在门前挂上一盏马灯，远看像橘色的小太阳，温暖的光亮在夜色里左摇右晃、蹦蹦跳跳，执着到天明。

人说近乡情更怯，此刻，习润根丝毫没有这种感觉。

相反，他很急切。就算没有处理纠纷这件事，他也早想回来一趟了，只是这些日子太忙，抽不出时间。这次，等事情解决完毕，一定多待几天。在慕江村，习润根很有威望，父老乡亲们很喜欢他、认可他，他也乐意跟乡亲们在一起坐坐，聊聊家常。

这源于他的为人，以及曾经的善举。

高中毕业后，习润根在村里当过几年民办教师。他做人踏实，教书认真，不仅教会孩子们读书识字，更教会他们如何为人处世，家长和学生都很认可他。下课之后，看到村里有老人吃水困难，习润根会主动上前，帮老人们担水。他是个做事不爱张扬的人，早在事业的起步阶段，就悄悄参与了希望工程圆梦行动，每年承担西部地区两三名大学生的学费。2002 年，习润根的事业正处于爬坡阶段，流动资金紧张，即便这样，冬至那天回乡扫墓，他听乡亲们讲起村里的一件难事，仍果断掏腰包给解决了。

水北人的口粮以水稻为主，种双季稻。虽然守着蒙河，水北却是旱涝频仍的地方。这样的自然环境，水库的作用凸显无遗。这一年，早稻还算顺利收获，到了晚稻，天公不作美，久未下雨，水库里的水很快见了底，导致水稻缺水，严重歉收。乡亲们只是跟习润根发发牢骚、埋怨一下老天爷，并没有其他的意思。

若在过去，大伙儿说的话，习润根也只能听听。

但如今，他离开村庄在外创业，乡亲们已把他当作大人物看待，村里有事了，他必须当成自己的事来办。习润根认为，乡亲们跟他提起，也是希望他有所行动。

扫墓结束后，习润根叫上村干部，一起来到了水库旁。果真，因年久失修，库堤塌陷，库容缩减厉害，别说供应灌溉，遇到洪涝灾害，也起不到拦洪蓄水的作用，搞不好，附近村庄还有被淹的危险。了解详细情况后，习润根二话没有，掏钱雇来挖土机，连干几天，将水库拓宽、挖深，将库堤加高、增厚，使水库储水量翻倍。从这以后，村里的晚稻再也没缺过水。

此事如风吹稻花香，欢快地拂过十里八乡，将沁人的香气送进了人们的心田。村里有老人再碰到习润根时，喜欢握住他的手，跟他聊会儿天，临了送上一句真挚的祝福：

"润根啊，你肯定会发财发人的！"

更让习润根没想到的是，这年春节，村里每家每户自发拿出十颗鸡蛋，共有四百多颗，委托村干部带到新余市，送进了习润根的家。

鸡蛋不重，情意千金。那一刻，习润根很激动，心跳都快了。

第三章

新乡贤

　　贫穷、不甘、渴望中，习润根从水北中学毕业，成为一名民办教师，一干就是六年。这个过程中，他阅读了大量书籍，对脚下这块土地，对新余，对江西，对中国，对整个世界，有了更深的认识与理解。

　　随着视野日渐开阔，有一天习润根豁然发现：

　　穷困，不该属于他和他的家乡。

无论从哪个角度看，水北镇慕江村都算不上大，似地图上的一粒像素，显得默默无闻、微不足道。

1963 年春天，习润根出生在这里。

种子在哪儿发芽，哪儿就是家。

习润根爱自己的村庄，爱村庄里的人，爱村庄周围的山水林木，尽管这些人单纯、贫穷、彪悍，这些山不高耸、不伟岸，这些水不宽阔、不雄浑，这些树不挺拔、不俊秀，他依然爱这里。

7. 家的味道

习润根上有两个哥、两个姐，下有两个妹妹，善良的父母还收养了他姑姑的一个女儿。十口之家，嘴多粮少，吃饭成了大问题。

正是长身体的时候，习润根总感觉肚子里有一双小手在四下抓挠，抓得人心慌，挠得人胃疼，家里却没零食给他安慰肚子。稍大一些时，他会自己去田里挖红薯、挖萝卜吃。渐渐地，野外可吃的植物种子、果实，几乎吃了个遍。哪怕吃坏了肚子，再见到，仍想伸手去摘、去挖。

饿的滋味，太难熬。

夜里，常常被咕咕叫的肚子吵醒，起来又寻不到吃食，只得灌几口凉水，算是对肠胃的哄骗。之后良久，瘦小的娃子很难再续前梦，于是盯着窗户看外面，看天上眨啊眨的星，幻想那是一块块晶莹的、珍贵的糖，粘在倒置的黑色大碗里，怎么抠也抠不下来……

那时的习润根，以为饿肚子是人间常态。

孩子们最兴奋的时候,肯定是过节。

母亲会多少炖点肉给他们解解馋。那时,习润根和哥哥姐姐们是不上桌吃饭的,都是端着碗随便找个地方,蹲在那里吃。饭比脸重要的年代,谁还在乎吃饭的姿势。

有一年过节,母亲想尽办法,炖了些肥肉片,自己舍不得尝一口,全给孩子们分了。小润根分得三片,高兴坏了,小心翼翼端着碗来到院中的香樟树下,坐在一块石头上,不敢快吃,想细细品味肉的美妙。肉片肥肥香香、晶莹剔透,看得他口舌生津。按捺住兴奋的心,他反复提醒自己,一定要慢慢吃、小口尝,让牙齿、舌头和肉片充分接触,千万别一口吞下。

家里养的老母鸡,也闻到了香味,鬼鬼祟祟过来,歪着花脖子,瞪起小眼珠,盯住了他的饭碗。

"这是肉。"小润根的碗里,还剩下最大的一块肉片,他夹起来,轻轻朝母鸡晃动着,炫耀道,"可香!就这一块了,我也舍不得吃……"说着,他用舌尖轻轻舔了一下:"要慢慢吃,才能吃得久、吃得香。"小润根扒拉一口饭到嘴里,闭上眼,想象最后这块肉在嘴里咀嚼的滋味,脸上露出幸福、陶醉的表情。

手上突然一沉,小润根急忙睁眼去看,那只老母鸡正伸着脖子、晃着屁股朝远处逃去,再看碗里,肉片不见了。

百般惊讶、千般委屈、万般懊恼瞬间涌上心头,小润根哇的一声哭了起来。

"怎么啦?"母亲跑出来一看,没等儿子答话,抄起地上一根木棍就朝母鸡追了过去。

从未见母亲跑得这么快。

　　不远处，眼看得逞的母鸡要将肉片一口吞下，奈何嘴小肉大，只得放到地上用力去啄，才啄一下，女主人已经举着棍子撵了上来。这是只聪明的母鸡、灵活的母鸡，眼看情况不妙，叼起肉片、扭动屁股、探着脖子，像一阵花旋风，奔向院门外的草丛。

　　母亲风一样追了上去。

　　谁料，乱草丛中，母亲不小心被脚下的藤蔓绊住，身体像座大山轰然倒地，木棍甩了出去，歪打正着，啪地砸在母鸡脚下。颇大的声势，混乱的场景，母鸡吓坏了，咯咯一阵乱叫，喙中肉片掉落地上，还要再叼起来，又怕女主人的棍子不留情，只得扇着翅膀跑开了。

　　母亲迅速爬起，没再去追，也没管摔疼的膝盖、擦破的手掌，吃力地将肉片捡起，急匆匆走回院子，进了灶房，舀了碗水，将肉片涮了涮，又笑着来到儿子身旁。

　　此刻，小润根的眼泪仍在吧嗒、吧嗒往下落，嘴角还粘着一粒米。

　　"别哭了，给你抢回来啦。"母亲将肉片放到儿子碗里。

　　透过泪眼，小润根发现母亲的右手掌有血珠渗出。

　　"妈，你的手？"

　　"没事，赶紧吃吧，别再被抢去了。"母亲揩了一下眼角，转身忙去了。

　　多年过去，那少了咸味却添了母爱味道的肉片，仍让习润根回味绵长，其中，有感恩，有慨叹，更有千丝万缕的酸楚，比肉片原有的滋味更丰富、隽永。

　　贫穷、不甘、渴望中，习润根从水北中学毕业，成为一名民办教师，一干就是六年。这个过程中，他阅读了大量书籍，对脚下这块土地，对新余，对江西，对中国，对整个世界，有了更深的认识与理解。

随着视野日渐开阔，有一天习润根豁然发现：

穷困，不该属于他和他的家乡。

8. 酿蜜

乡村教师忙、累、劳心，但有节假日。

有限的休息时间，习润根几乎全用来实现致富梦了。

骑着一辆加粗辐条的自行车，载了各式各样的小商品，习润根像一头不知疲倦的骆驼，三乡五里、走街串巷，从手忙脚乱到气定神闲，生意不大，却被他做得有板有眼。

习润根很累，夜里睡觉，身子躺到床上，魂儿还在忙碌；习润根又很兴奋，他看到了希望，金灿灿、伸手可及的美丽希望。有奔头的日子里，他不仅收获了自信，收获了经验，更掌握了大量致富信息。习润根说话不疾不缓，凡事喜欢问个究竟，态度又谦逊，乡亲们乐意把一些致富信息说给他听。改革开放初期的中国，遍地都是黄金，遍地都是财富，习润根非常想捡，虽不知怎样去捡，但他可以学习，可以摸索。

世上事，就怕有心人。

有了些积蓄后，习润根做出个大胆的决定。

1987年，他毅然辞去令人羡慕的教师工作，带领两个妹妹开始创业，办起了家庭藤椅加工厂。

那个年代，在水北，藤椅还是个新鲜玩意儿，习润根只是见过，却没用过。经过一番研判，他认为藤椅既实用又漂亮，肯定会有市场。至于如何加工藤椅，他和家人当然缺乏这个技术。不会不要紧，凭着从书本上学来的一些知识，习润根买来一个成品，拆开，反复揣摩，没多久也就无师自通了。

试做几个后，习润根咧嘴笑了，不过如此嘛。先拼装骨架，加工藤条，再编织藤椅，骨架扎得要有型，藤条缠得要仔细，最后桐油一刷，完工大吉。

事实上，并不容易。

用毛竹扎藤椅的龙骨，是技术活，也是力气活，习润根亲自操刀，快的时候，一天仅能弄它十来个。两个妹妹呢，负责用加工好的藤条缠绕龙骨，一根根、一道道、一圈圈，一天可以完工一两把。水北没有合适的藤条，习润根只能坐火车去温岭购买原材料，每次都在绿皮火车上站十几个小时，站得双腿灌铅，晃得头昏脑涨，但他的心是轻盈的、喜悦的。

白天，习润根要跟家人一起下地种田；晚上，哪怕累得浑身酸痛，仍会借着灯光继续扎藤椅。一把椅子能卖五块钱，他干得很起劲儿。双手、胳膊被竹篾划出一道道伤痕，火辣辣地疼，但丝毫没能减慢他的动作。

一圈又一圈的缠绕中，日子很快到了1988年下半年，为使藤椅有个更好的销量，在距村庄不远的棚仔下车站，习润根选了处地方，靠墙根建了爿十八平方米的小门市部。说是车站，其实就是新余到南昌的一个客车临时停靠点，一个小小的人员集散地。在这个逼仄的门市部内，习润根加工、销售藤椅，挖掘着属于自己的宝藏。

忙忙碌碌到了1989年，眼看手中积蓄无法令自己和家人满意，结了婚的习润根再次做出改变，增加了副食品、香烟、汽水等零售业务。又经过一年多的勤奋经营，有了些实力，他和妻子干脆在水北镇主街上租了间二十多平方米的小房子，正经八百地干起了零售个体户。

习润根思维敏捷，视野开阔，真诚守信，生意很快有了起色，渐渐由零售走向批发，周边的小商贩纷纷来他这里进货。像滚雪球那样，他的事业越做越强、越做越大。

如今，有人问起他创业经历时，习润根总会云淡风轻地一笑而过，仿佛那些过往已是疾风骤雨后的世界，但见碧空如洗、彩虹高挂，绝口不提曾经的电闪雷鸣、风雨交加。

做生意，哪儿那么容易！

那间小小的房子，既是仓库又是店面，还是一家四口人生活的地方，若心胸狭窄点，能把人憋出病来。一年三百六十五日，每天起床后，习润根做的首件事，就是将烟柜吱扭扭摆到公路边上，晚上再吱扭扭推回店里，不厌其烦，只为多揽一些生意。

令人无法释怀的，还不是烦琐和忙碌。直到现在，习润根仍清晰地记得，正式营业的第一天傍晚，他和妻子满怀期待地进行清点，发现营业额居然仅有八块六毛钱。

"是不是算错了？"妻子诧异道。

习润根没说话，又细细地捋了一遍。

"没错。"他倒吸了一口气。

夫妻俩陷入了沉默。这时，恰好有个在附近摆摊的熟人进来，见夫妻二人一脸凝重，以为吵了架，便多问了几嘴。谁知，第二天，习润根两口子一天营业额只有八块六的消息，就在周围传开了。

有个平时爱说风凉话的家伙，在街上碰到了习润根，故意刺激他："润根大老板，你能挣到吃饭的钱吗？"说罢，不怀好意地嘿嘿笑起来。

习润根憨憨一笑，不做应答。

夜里，他却睡不着了，在窄小的床上翻来覆去，像床单上爬满了讨厌的虫子。妻子晓得丈夫在想什么，轻轻拍了拍他的后背，长吁了一口气。习润根的心，不由得又是一阵紧缩。第二天早上，他两眼浮肿地爬起来，仍在第一时间将烟柜推了出去。

生意仍要做下去啊。

接下来的日子，夫妻俩秉承信誉至上的理念，继续精挑细选进货，实实在在销售。一分一毛一块，十元百元千元，像勤劳的小蜜蜂，将生活赐予的花粉一颗颗、一粒粒收集起来，不嫌量小，不辞辛劳。日月轮回，年复一年。习润根和妻子从零售到批发，从最初骑自行车备货，到后来用手扶拖拉机、汽车进货，从营业额八块六到年销售额上百万元，终于酿就了人生第一桶蜜。

1994年，春节一过，带着积攒下来的辛苦钱，习润根举家搬往新余市区，转行做起了汽车轮胎销售生意，又一次实现跨越式发展。

彼时，水北已在1988年12月由乡变镇。

9.鹰之眼

在新余街上，习润根看准了渝水区交通稽征所附近的门店，托人转租了一间仅有二十平方米的店铺，开始销售轮胎。司机们要定期来这里缴纳养路费，光顾他的轮胎店，成为捎带脚的事。

此乃风水宝地。

既然是宝地，老店主也不傻，提出了苛刻的转让条件，要在店门口摆个烟摊。那门面仅有两米八宽，烟摊就要占去一半多，给习润根留下的进出口很窄，极不方便。但他初来乍到，为了能成功迈出第一步，只能默默接受。

起初，资金所限，习润根仅能做零售。他很清楚，跟当年摆摊一样，要想生意做大做强，必须看准时机扩大经营规模。小打小闹，不是他的终极目标。心中揣着梦想，习润根脚踏实地干到了 1995 年，又在城北长途汽车站开了第二家轮胎门市部。

谁知没多久，城南那个门店就被老店主收了回去，人家也开始经营汽车轮胎。竞争，成了秃子头上的虱子——明摆着。有限的客源被分流，给习润根的经营造成了困难。

但是，眼见大街上跑的汽车越来越多，习润根相信:只要严把质量关，轮胎销售不是问题。他及时调整思路，不再局限老货源地南昌，而是不辞劳苦地奔赴长沙、合肥、武汉等地，走进大型轮胎厂家，用耐心与真诚打动对方，建立起稳固的合作关系，使自己的进货价始终处于较低水平，渐渐占据了地区优势。他又趁热打铁，在零售基础上增加了批发业务，新余周边地市的配件公司纷纷来他这里进货。

商场如战场，不进则退。靠侥幸成功，一辈子可能偶尔碰到一次，若要事业持久，必须谨慎、仔细。通过六年顽强拼搏，习润根以一步一个脚印的踏实作风，占据了新余轮胎市场的半壁江山。

习润根的创业资金再次得到迅速积累，使他具备了拓宽发展空间的能力——想要收获更多的鱼，就要去更广、更深的水域，还要知道鱼窝在哪儿。

2000 年，江西第二化肥厂甲醛分厂改制，习润根得知消息后，认为机不可失，准备投标租下此厂。但近水楼台先得月，分厂管理人员也想竞标，并且组织了一批骨干人员参与，无论从哪个角度看，他们的优势都比习润根强，中标似乎理所当然。习润根只得暂时按兵不动。

多好的机会啊，就这么失去了？

习润根夜不能寐。

谁料，第二天峰回路转，分厂管理人员主动找到习润根，说他们因为人员太多，达不成统一意见，资金无法筹集，同意将标的无偿转让给习润根。不过，有个前提条件，他必须解决甲醛分厂职工的工作问题。

习润根当即答应。

水北人的诚信与大气，将他推向了更大的发展平台。

接手后，习润根凭借多年练就的能力，以一名优秀指挥官的行动效率，从人员的安排、技术力量的加强、销售渠道的拓展、售后服务的改进等，多方位、多角度进行了调整优化，使产品销售很快呈现供不应求的态势。

不到三个月，该分厂的产量，在原有基础上实现了翻番。

同年 11 月 6 日，习润根乘势而上，收购了泰和县广泰化工有限公司；2001 年上半年，又在抚州市购买四十亩工业用地建了分厂；此后，分别在吉安市、信丰县、大余县和湖北随州市，建设了同样的生产线。

迄今，习润根旗下公司，拥有甲醛生产线十二条，年产甲醛六十万吨，产品销往广东、福建、湖南、湖北等全国二十几个省市。

跨行业、跨市场、跨区域，习润根实现了三级跳。

事业如火如荼，习润根却很冷静。

他深知，要想将企业做好、做精，做大、做强，脑袋空空可不行。他读了很多书，但不够系统、不够专精。知识，不仅能改变人的思维与命运，更能决定一个企业家的判断力、决策力。

习润根是个想到就要做到的人。

2005 年 6 月以来，他先后报名参加了北京大学 EMBA 工商管理班、上海复旦大学总裁班、浙江大学房地产投融资班以及工信部领军人才的培训。学习过程中，习润根听到有企业家预测未来十年，会迎来中国房地产发展的黄金时期，暗自上了心。

回到新余，他立即对房地产市场进行了深入了解。

当时，新余的楼市价格在每平方米八百至一千二百元左右，正处于发展的起步阶段——想吃鲜葡萄，就去架上摘。通过各种渠道，习润根开始重点关注新余市土地供应情况，计划在这个领域建几座"葡萄园"，在改善人居环境的同时，品尝一下新鲜"葡萄"的甘甜。

2006 年 1 月 26 日，通过公开拍卖，新余市最繁华地段的原钢城宾馆项目土地开发权，被习润根获得。

从此，他正式进军房地产开发行业。

习润根做事沉稳，善于分析市场行情，对目标地商品房的开工量、销售量、审批量，总能做到了如指掌，为进入该城市拿地提供了有力依据。2008 年，全球金融危机，国内土地流拍十分严重，习润根却认为机会来了。恰逢几个朋友在广西北海旅游，发现当地商品房便宜，准备每人购买两套海景房，向他咨询购房办证相关事宜，习润根顺便说了一句："购几套房，升值空间不大，你们看看当地是否有便宜的开发用地。"第三天，得到了好消息，他果断前往，最终以低价拿到一个项目。初战告捷后，他又接二连三拿了几个项目……

喜欢读书、热爱思考的习润根，成功了。

他终于有时间、有能力，回望生养自己的村庄了。

10. 定盘星

引发这次事端的小山包，位于村庄的西北面，习润根当然熟悉。

这种山包，在水北司空见惯。丘陵地带嘛，这里鼓个包、那里凸个坡，就像人身上长颗痣、添个疣。山包很小，开车从新余市出发，沿着新余至上高县的省道驶过慕江村地界，在路上就能远远地望见它。但是，想看清黛青色的山包上长了些什么，刚刚调整好视线，车身就驶过去了——与真正的山相比，小山包充其量是牛的尾巴梢。

然而，有些事物的重要性，不在大小，而在位置。

这座不起眼的小山包，恰巧坐落在两个自然村之间，双方村民争执的正是山包下的山界。此山界多年前有过划定，还在分界处开出一条土沟，两端分别埋下了石桩，奈何多年过去，土沟早被山上冲下来的泥土填平，上面长满杂草、灌木，石桩也淹没在草丛深处。

山包虽小，在两村村民眼中的地位可不低，哪怕一寸一厘，皆能牵扯到村民敏感的神经。这不仅因为水北的田地少，还因为它和神话传说有关联，是沾了仙气的，当然要寸土必争。

水北是块宝地，自然故事多、传说多。

慕江村的这座小山包，说来就很有意思。

不知何年何月，有一天，玉帝心血来潮，想填海造田，于是命一位神仙将西方的群山往东赶，去填东海。神仙的鞭子一甩，大大小小的山峰就争先恐后往东跑。有座山跑得最快，边跑边回头看，邻近的蒙山、拾年山都被它远远甩在后面，它喜不自胜，却也疲惫口渴，恰巧到了颖江岸边，索性顺势而卧，打算喝点水，歇一歇再继续。谁料，一卧下就陷入泥坑，赶山鞭也赶它不起了。

神仙无奈，只得回头奏明玉帝。

玉帝心想，颖江之畔地平如镜，有这么一座山在此，人们来来往往也有个歇脚的地方，就说："也罢，此山可吃星为食，限它每日吃半个星星，不得违命。"

神仙回来传令，山伸个懒腰，连连点头。谁知，此山误把半个星星听成了半天星星，十分高兴。天一黑，它伸出脖子一口一颗，吃个没完没了，日复一日，竟把东边的星星吃去了大半。

天上的星就是天宫的灯。

这天，玉帝夜游南天，见东边昏暗无光，十分扫兴，一问，才晓得星灯都被那山给吃了。玉帝大怒，命雷公电母率天兵天将前去捉拿，让它把星星都吐出来，否则处以极刑。

那山也是个彪悍的山，面对强大对手，坚决不从，便打了起来。足足打了七七四十九天，打得飞沙走石，天昏地暗，仍不分胜负。雷公电母见状，只得使出撒手锏，开始呼风唤雨、雷击电劈。刹那间，颖江水猛涨，将山淹没。眼看那山奄奄一息，想要逃走，刚刚挺起脖子，就被雷公电母发出的霹雳、闪电击中，肩膀以上被炸得粉碎。大块的成为山峰、山峦，小块的变成山头、山包。小山包们没有大山的本事，只得匍匐于地，安分守己，努力生长树木，为过往行人遮阴避阳。

神话久远，传说犹新。

沧海桑田过后，两个小自然村的祖先们，不约而同选中同一座小山为屏障、做倚靠，相背而居。天长日久，子孙繁衍，空间受限，免不了为边界争吵，即便到了新世纪的今天，照旧如此。原有的山界早已无法分辨，成为模糊不清的记忆。于是，你说你的，我讲我的，纠纷就发生了。

一路风尘仆仆，习润根赶回村庄，下了车没进家门，直奔村委会。

人，很快挤满了屋。

情况，习润根大致有所了解，但还是耐心听完了村干部们的叙述。

待大家渐渐安静下来，把目光投向他时，习润根沉吟片刻，说："安排人，请两村上了年岁、威望较高的老人来一趟。"

"由你出面定局就行了。"有人说。

习润根笑着摆了摆手，"村里的事，不是我一个人能说了算的，两村的老人点了头，事情也就解决了大半。"

于是，村干部安排了人。离得远的，习润根让自己的司机跟着去，很快将老人们接了过来。彼此闲聊了一会儿，习润根才把事情的经过、自己回来的原因，跟几位老者细细地说了。

"你这大老板那么忙，还为这点小事跑回来，是这号的！"有老者朝习润根竖起大拇指。

"你安排吧，相信你能一碗水端平。"也有老者说。

习润根心中有了底。随即，他又请村干部叫上几个正在家的青壮年，带上工具，一行人赶往纠纷肇始点，寻找原来的山界。

其实也不难，只需仔细一些，再出些力气而已。

来到大概位置，习润根认真查看了一番。界沟虽被泥土抹平，但沟上的杂草灌木，其下的土壤颜色，与周围环境还是略有差别的。估了一下位置，习润根指挥几个青壮年用镐刨了片刻，果真在草丛中挖出一根歪斜的石桩。另外一根，却怎么也没找到。习润根当机立断，根据在场老人们的回忆，于大致方位厘定了另一端，让人摆上大石，当作临时记号。

随后，他打电话请来挖土机，一桩一石、两点一线，挖出一道直直的深沟，之后两端再次埋下水泥柱。

两村山界，就此划清。

此刻，周围已拢了一圈两村村民。

"我是被镇政府叫回来，专门处理这件事的。"习润根对在场的村民们解释。他需要处理这件事的法理依据，避免人们相互猜忌。

"各位父老乡亲也愿意我来牵头，在此，感谢大家对我的信任，"习润根朝大伙儿拱了拱手，"咱们两村本是亲情相依、血脉相连，互相见面不是外甥就是舅舅，不是姑妈就是姨妈，不要一点小事就吵吵闹闹，还闹到镇政府去，事后想想，实在丢不起这个人。"

有乡亲不好意思地笑了。

"今天……"习润根提高了嗓音，"大家见证了分界过程，也都同意这条分界线，等一下咱们再按个手印，事后若还有人不服，再闹的话，那就是跟村委会、跟镇政府过不去，跟咱们这些老少爷们儿过不去啦！"说罢，他也笑了。

威望即人心。众人纷纷表示赞同。

第四章

石榴籽

　　水北乡村，要想发生彻底的改变，要想实现真正意义上的振兴，因循守旧、按部就班，会很慢，甚至会只闻雷声不见雨水。周金林迫切需要做的，是将那些从水北走出去的民营企业家拽回家乡来，特别是要将他们的力量拽回来，使他们成为乡村治理的黏合剂、乡村发展的催化剂，从而打通政府治理的最后一公里。

　　办法，终究想到了一个。

水北，卧虎藏龙。

熊坑村有熊氏四兄弟，慕江村有习润根，邹家村有邹细保，还有钱圩村的钱小云，新桥村的敖小海、敖志良……二十个行政村，村村出能人，每一位都实力雄厚，都在默默为村庄做着力所能及的善事。

他们像一颗颗火种，散布在水北的角角落落，修桥铺路、接济乡邻，在一村一寨，在三乡五里，产生很大影响，只是太分散了，尚未形成燎原之势。

如今，水北镇要点燃这团烈火。

<h2>11. 特殊力量</h2>

两个自然村的山界纠纷解决后，第一时间，慕江村支书给周金林打去电话，详细汇报了事情经过。

放下电话，周金林先是一阵轻松，随即又陷入了深思。

习润根处理这起纠纷的方式，简单、直接、有效，镇政府或慕江村委也可以这么办，但显而易见，肯定不如他出面效果好。政府去解决这种事，哪怕出现一分一厘的偏差，都可能再次引发村民的不满，甚至让基层干部陷入进退两难的境地。习润根能快刀斩乱麻，在于他本身就是村民中的一员，还是有威信的一员，大伙儿从心底认可他、尊重他、服他。

一个"服"字，万事皆可成。

最令周金林心潮起伏、久久无法忘怀的，是习润根的那句话：如果有人不服，再闹，就是跟村里、跟镇里过不去！

民营企业家们能说的话，政府未必能说。哦，这些民营企业家啊，真是不容忽视的力量，他们所具备的优势，显而易见。

那时，周金林就有了把水北籍民营企业家凝聚在一起的想法，只是暂时没寻到可行的办法而已。

几个月的时间转瞬即逝。

当熊坑新村破土动工的消息传到耳畔，那件酝酿良久的事情，再次占据了周金林的心房。办公室内，他随手拿起桌上的烟，抽出一支，下意识点燃，深深地吸了一口。良久，烟雾从口中飘出，在他眼前翻涌、腾挪，像一个个问号，更像一个个叹号。

疑问，解答；解答，疑问。

他被自己制造的雾气笼罩了。

事实上，周金林眼前的迷雾，只是一种不确定罢了。

这种不确定，像有十五只水桶在心里七上八下地悬着，令他寝食不安。赴任水北近一年了，通过工作接触加特意走访，周金林熟悉这片红土地，已像熟悉自己的身体，哪个部位患有暗疾，什么地方需要补充营养，究竟是缺钙还是受了风寒，他心知肚明。

水北乡村，要想发生彻底的改变，要想实现真正意义上的振兴，因循守旧、按部就班，会很慢，甚至会只闻雷声不见雨水。周金林迫切需要做的，是将那些从水北走出去的民营企业家拽回家乡来，特别是要将他们的力量拽回来，使他们成为乡村治理的黏合剂、乡村发展的催化剂，从而打通政府治理的最后一公里。

办法，终究想到了一个。

这个办法，是新余市渝水区民政局局长何华武给他点拨的。何局长也是水北人，对周金林这个水北镇的主要领导很欣赏，每次在区里开会碰到，两个人总会畅聊一番。

"将那些从水北走出去的民营企业家凝聚在一起，成立一家属于水北人的本土商会，五根手指攥成拳头，在你们镇党委、镇政府的引导下集中发力，在乡村振兴上，肯定能发挥四两拨千斤的作用！"何华武说这些时，眼里有光。

周金林也很激动。

此刻，房间内很静，周金林心绪也渐渐平静，起身来到了窗前。

外面阳光明媚，鸟鸣啁啾，暖风徐徐。多美的地方啊，多美的水北啊。周金林忽然想写一首诗，一首赞美诗，在心中推敲、揣摩了几个词语后，又笑着摇了摇头。术业有专攻，自己还是先做好眼前的工作吧。至于深埋心底的文学梦，嗯，总会有时间的。

周金林下定了决心。

他快步回到办公桌前，开始草拟一份请示报告。

之后的某一天，第一次听到那首由水北籍歌手敖程勇演唱的《水之北》时，周金林一下子怔住了：

你说你爱这里的水，

水让心儿甜甜地醉，

多少回你来了不想走，

多少次你走了又想回。

你把树叶轻轻地吹，

吹支歌儿好韵味。

…………

大美水北（陈军 摄）

好美好美，水之北，

花开花谢，年年岁岁；

好美好美，水之北，

天上人间，你我来相会……

水北镇要成立一家本土商会的消息，在水北、在渝水区乃至整个新余市不胫而走，短时间内，引起各方极大的关注。

乡镇商会？这可是个新生事物！

新事物总能吸引关注，花儿绽放时美丽，但花蕾更令人期待。

12. 盼花开

时光进入 2012 年，熊坑新村的建设全面铺开，村庄一天一个变化。

在周金林看来，水北镇成立水北商会的时机业已成熟。但是，真正操作起来，远非他想得那么顺利。

这天上班后，周金林又坐到了何华武的对面。

"何局，这事不好弄啊。"周金林一脸愁容。

"好事多磨嘛。"何华武笑道。

周金林也嘿嘿一笑，咕哝道："我是担心马失前蹄……"

"把水北籍先致富的民营企业家组织起来，参与乡村建设与治理，这事没问题，怎么看都是正道。"何华武斩钉截铁地说。

"这我明白，关键是怎么做，从哪儿下手……您是从水北走出来的，熟悉情况，还请何局多给出谋划策……"周金林满脸恳切。

熊坑新村火热的施工现场

作为土生土长的水北人，看到家乡来了这么一位认真负责、有冲劲儿的镇党委书记，何华武不由得心生感动。

"这样，你先在镇里建个关于成立商会的领导小组，我呢，再帮你组个顾问委员会，但我不能当主任，只能做事，我给你引见一位领导，也是水北人，他合适……"何华武一一列出了人名。

回到镇里，周金林很快召开了党委会，将成立水北商会的工作，正式提上日程。

商会，人们并不陌生，但大多是一个地方走出去的商人在大都市自愿自发组织成立的民间社团，为的是整合资源，维护自身利益。而水北要成立的是一家本土乡镇商会,为的是建设家乡、助力乡村振兴。这件事,别说在新余,就是在整个江西甚至全国也是前所未有。

第一个吃螃蟹的人,总是令人佩服,若非勇士,谁敢去吃它呢?

周金林不怕成为第一个吃螃蟹的人,他知道,这个螃蟹不吃,水北的明天还跟昨天一样。

水北镇开弓射出去的箭,全力奔向了目标。

周金林迈出的第一步,就是带领镇政府的相关干部,在最短的时间内,陆续走访了新余的六个异地商会,去看、去听、去问,虚心向人家请教,取经学艺,积累经验。

接下来,就是直面那些从水北走出去的民营企业家了。

腰包鼓了以后,这些水北能人几乎都在新余市里居住。周金林就去市里,订一处喝茶的地方,与他们一个个见面。有的如约而至,有的心存疑虑,不晓得他葫芦里装了啥,不愿相见。

乐意来的,周金林以茶代酒敬对方,详细地讲出自己的想法,说大家创业如何艰辛,想回报家乡又担心被人说三道四;说乡村如何衰落,乡亲们脱贫致富的想法如何强烈;说如今水北要发展,面临的最大困难是自身力量不足……说到乡村治理,坐在对面的企业家频频点头。

有企业家直言:"咱水北企业家多,一遇到事情,我们就常常被裹挟进去——水北人尊长公嘛,老族长德高望重,很有威信,去众厅一敲鼓,咱要是在村里,能不去吗?那是号令,大伙儿都到了,你凭啥不来?就凭你多赚了几个钱?会被乡亲们戳脊梁骨的……去了,要么出钱,要么出力。

"人不在村里,一个电话打过来,也要出钱。

"为啥?

"你家里还有老人吧？还有亲朋吧？

"村里有事，你现在不出钱、不出力，将来你家有个红白事，大家都不参与，没了老人，棺材都没人帮你抬！你开着好车回家，若是陷进泥里头，大伙儿只会在一旁看笑话，不会有人帮你推……遇到村里有了事，只要通知我们，肯定得掏腰包，少则十万，多则二十万，听说还有人出过一百万！"

也有的企业家说："成立商会是好事，我们也想光明正大地为水北做些善事。现在有的人仇富，若没有政府领导支持，就算我们给村里修条路、建座桥，资助一下贫困户，人家当面说你好，背地里却说你是图名声、爱显摆，有点钱不知往哪儿花了……费力不讨好！"

周金林耐心地听，细致地记。

那些不愿见面的，周金林毫不气馁，电话不接，微信留言，微信不回，短信恭候，晓之以理，动之以情，态度极为诚恳，最后总能收到回复。

就这样，熊水华、邹细保、钱小云、习润根、敖小海、敖志良……脑海中的一个个人名，变成了眼前有血有肉的人，有的寡言，有的健谈，有的睿智，有的憨厚，有的按部就班，有的敢想敢做，但最终，一个个性情各异的能人们，对成立水北商会这件事，纷纷表示赞同。

几个月下来，周金林心中有了底。

接下来，要解决关键问题了。商会成立的话，谁来挑大梁？羊群尚且需要领头羊，何况狮群？周金林自己肯定不行，他有他的工作岗位。

选谁呢？

征询了几位实力较强的企业家，大家态度几乎一致：入会可以，当会长，不干！

刚见到一点阳光，转眼又被云层遮掩，周金林不由得着急，饭吃不下，烟没少抽，嗓子都哑了。

13. 硕果

周金林着急，何华武更急，他现在是商会筹建顾问委员会的秘书长，早与这件事牢牢绑在了一起。

谁不盼着家乡好啊。

"何局，咱这锣鼓都敲出去了，没人举旗，怎么升堂啊？"周金林哑着嗓子打来求助电话。

"急，是急不出会长来的，要想办法，要行动起来。"何华武说。

"怎么行动？"周金林问。

"重点突破。"何华武想了想说。

"怎么突破？"信号不好，周金林差点将手机塞进耳朵里，手机和心一样烫。

"从威望比较高的那几位中——硬选！"何华武笑了。

"硬选？"周金林怔了一下，旋即也笑了。

择了个周末晚上，何华武与周金林以水北商会筹建顾问委员会的名义，将邹细保、钱小云、习润根、张秋生、钱伟、敖小海、敖志良等重点企业家请到了一起。熊水华在外地工程项目上，脱不开身，何华武便将他在市政府工作的弟媳请来，代替他参加。

顾问委员会其他几位在职的市领导也先后到场。

平日里，几位民营企业家很忙，都在各自领域铆劲儿打拼，虽说皆为水北人，但彼此只是知道对方大名，从未面对面坐到一起过。好在这半年多来，大家都与周金林照过面，也都认识何华武，有他俩在场，气氛还算融洽。

不过，企业家们的表情仍显得拘谨、严肃。

何华武与周金林并不着急说事，先聊天，天南地北一通聊，聊着聊着，就说到了水北。说水北哪儿的景色最美，哪儿的油菜花最好看；说黄坑古村那棵五百多年的老樟树依旧枝繁叶茂，古村落的保护仍需加强；说拾年山遗址如何神奇，证明水北这片红土地自古以来就是人杰地灵的风水宝地；说镇里养老院的基础设施在民营企业家的资助下，已有很大改善，但硬件设施仍不足，镇政府下一步还要加大扶持力度……说到动情处，周金林站了起来。

何华武也起了身。

两个人开始敬酒，你顺时针，我逆时针，待大家酒过三巡、菜过五味，氛围大好之时，言归正传。

"请大家过来，还是为了商会的事。"何华武率先开了头，"成立商会，大家都同意，可是，目前仍群龙无首，这肯定行不通啊……"

众人有的微笑，有的摆弄酒杯，有的用湿巾擦手，一根手指、一根手指地擦，就是没人接话茬。

冷场中，周金林站了起来，转圈为大家斟茶，笑着说："再有两个多星期，成立大会就要召开，咱这个谁当会长的事，今晚还真要定下来才行。"态度恳挚得令人无法直视。

众人垂下眼帘。

"耷拉眼皮不管用——会长，终归要有人来当的。"何华武也笑道。

众人皆笑，眼帘又挑开了。

"我建议，请熊水华熊总来当这个会长，他这个人大气、有胸怀，别说新余市，放眼整个江西，也没哪个企业家能像他这样，为全村人建新楼房！"有人大声说。

"我家大哥说了，干个副会长可以，会长……怕担当不起。"熊水华的弟媳轻声细语地表了态。

周金林心里咯噔一下。

何华武伸向茶杯的手，也粘在了杯子上。

"小云你来当吧，你年富力强，实力也够，你来干。"有人对钱小云说。

钱小云急忙起身，敬了对方一杯酒，坐下来后，才红着脸说："我问过我父亲了，他不同意。"

大家会意地笑起来。熟悉钱小云的都知道，他是个大孝子，父母之命从不违拗。

笑过之后，气氛陷入凝滞。

民营企业家的态度都很明确，入会可以，会长不当。

他们是真的不愿当这个会长。这无关实力大小，无关爱不爱水北，是不了解商会的具体职责，不清楚会长要承担何种责任，担心自己分身乏术，担心将事情搞砸，落得个适得其反。

企业家们的顾虑，何华武与周金林心知肚明。

但此刻，何华武十分清楚：有些话再不说，会给今后的工作带来更大麻烦。他果断站了起来。

"各位，包括熊总，大家都具备当会长的能力。"何华武朝熊水华的弟媳点了下头，接着说，"大家都不想干，怎么办？总要有个会长的，我跟周书记都不合适，那么，就只能通过民主选举，选上谁，谁来干，政府不参与这个过程。"说到这里，他停下来，看了看众人的表情，见大家都在默默听，便继续说："只要被选上了，就必须干，当然，可以考虑实际情况，临时进行调整，但最少要干满三个月。"

说罢，何华武略显激动，端起酒杯朝大家敬了敬，仰头一饮而尽。

"乡亲们，咱们都是水北人，镇政府建这个商会，不是为了哪个人，是为了水北乡村的整体发展，无论大家谁当选，面对的都是五万多水北乡亲们……"许是刚才喝得有点急，何华武咳嗽了几声，脸显得愈发红了，"包括我何华武在内，是水北这块红土地养活了我们，是党的好政策成就了我们，希望各位发挥自身能量，把商会建好，把企业办好，多为家乡贡献力量，才不枉人间走一回……"他的眼中，有晶莹的光在闪动。

何华武坐下后，过去足有三秒钟，有人带头鼓起了掌，接着大家都开始鼓掌。

房间里，像砰地点燃一团火，气氛热烈起来。

2012 年 8 月 18 日，新余市水北商会第一届会长选举大会召开。

此时，何华武已赴外地考察，周金林则在会场外焦灼地等待最后结果。

商会的理事们从事服务行业、贸易行业的很少，大多从事房地产业，个个实力雄厚，各有各的脾气，各有各的性情，选会长又是个动心思、拼人气的过程，会不会哪句话说不对，当场闹起来？

想到"闹"字，周金林心头一紧。

然而，选举现场却是另一番情形。

"千万别选我啊，选那个谁……"

"我一天到晚忙得团团转，哪儿有心思管商会啊？"

"会长需要综合实力强的，别提我，我干不来。"

"搞公益没问题，管商会，咱没那个能力。"

"选老熊，他的事迹多突出啊，大伙儿都服气！"

"对，选熊水华，有实力，有气魄，人又好。"

"我同意选他。"

选举结果出人意料，又在情理之中。

熊水华的经营项目大部分不在新余，与市内水北籍的民营企业家很少有业务往来，但大家都知道熊坑新村的事，对老熊的人品信得过，纷纷将票投给了他。

最终，熊水华高票当选水北商会第一任会长。

14. 开启导航

2012 年 9 月 18 日，江西省首家由乡镇籍工商界知名企业家组成的市直属乡镇商会——水北商会，正式成立。商会会员在新余本地规模以上经济实体有五十八家，拥有资产近百亿元。

大局已定，周金林心里的一块石头也落了地。

谁知，这块石头在心底还没踏实几天，就被"质疑"的小草顶了起来，眼瞅着要被掀翻。

"水北的民营企业家个个神通广大，你一个乡镇党委书记能镇得住？"

"这些商会会员大多白手起家，遵循的是商业规则，如今聚到一起，你们镇政府管起来，难度可不小啊。"

"想发挥他们的作用？别给你们搞事情就不错喽！"

"水北商会，可是跟你周金林挂着钩呢，出点啥事，你推卸不了责任。"

"人家老板又不从你这里领工资，凭啥听你政府的？"

水北商会揭牌成立

……………

即便周金林有颗铁打的心，这些传言也足够将其熔成铁水。这些滚烫的铁水在他身体里到处流窜，烧得他心神不安。关键在于，人们的质疑并非空穴来风。连续几次，水北商会召开工作会议，周金林全程参加了，眼见为实，企业家们的"突出"表现，让他看了心里打了个激灵，仿佛有柄寒光闪闪的利剑悬在了头顶。

说要开会，企业家们欣然而至。没有一个打车、坐公交、骑车来的，一水的好车，一辆比一辆牌子牛，一辆比一辆车漆亮，一辆比一辆排量大，各取便利，停在会场外，不像来开会，倒像参加豪车展。

会议开始了。

性情所致，熊水华不爱讲话。他的发言稿，常由副会长敖小海操刀——

敖小海在体制内工作过，熊水华信任他。然而，话语即权力，若想当好商会会长，首先要把握发言权，熊水华寡言的性格，势必影响工作开展。大伙儿服熊水华，是服他大气、慷慨、干事有魄力，至于领导商会、领导这些有着鲜明个性的民营企业家，人们却不置一词。

会场秩序可想而知。

有的理事，偶尔也有副会长，每次前来都是满面红光，一身酒气，说是有应酬，没办法，喝了几杯，不碍事。会议开始，却不知不觉醉态呈现，烟也叼上了，脚也摆到桌上了，像在自家办公室里，自在得很，狂放得很。你劝他吧，他就朝你嘿嘿笑，不以为意。这算是不错的，起码能准时到场。更有甚者，会议快开完了，人家才大步流星地赶来，脸上带着诚挚的笑，坚决不认为自己迟到是件不讲原则的事。

"忙，实在是忙，公司里百件事等着我呢。这不，还没处理清楚，我就急乎乎赶来啦！"说者言之凿凿，一脸大公无私。

好不容易会议顺利结束。总有几个企业家以商会为家，不愿离去。那么就攒饭局吧，喝大酒吧，大口喝酒、大块吃肉，酒足饭饱之后，一伙人找个房间，又打起了牌。

乡贤会变成了群雄会。

周金林好意提醒大家，却换来一句反驳：

"我们只认熊水华，不认你这个镇党委书记，商会就是松散的社会组织，喝个酒不行，打个牌不行，管得也太宽了吧！"

周金林被噎得一愣一愣的。

他深知，这么下去，商会迟早变晚会——会员们存在的问题，也是非公企业存在的普遍问题。水北籍民营企业家本着"凝聚乡亲、互通商情、共谋发展、报效桑梓"的宗旨聚在一起，理念是美好的，理想是丰满的，但没有约束，没有制度，没有坚强的组织做支撑，终归还是盘中散沙，一旦遭遇疾风，顷刻踪迹皆无。

周金林不想更不能让这种情况发生。

有大局意识的民营企业家们，也不希望水北商会最后落得昙花一现的结果。

在和熊水华等骨干深入探讨之后，周金林提出在商会内部建立党组织的想法，并向渝水区委组织部做出详尽的工作汇报，引起各级的关注。在乡镇商会中成立党组织，加强党建工作，这又是个大胆的探索与尝试，可不可行，能不能行，会不会适得其反，谁都不得而知。

不得而知，更要为之。

与其猜测收成，不如先将种子播下去。

在会长办公会上，周金林把党建的"种子"撒向了所有班子成员。大家先是一愣，接着开始了热烈的讨论。

"商会建党委干吗？"

"咱们是做生意、做企业的，念什么紧箍咒啊？"

有人问会长熊水华。

"有了党的组织，明确发展方向，商会才能把分散的力量凝聚起来，开展工作才会更顺畅……"熊水华不紧不慢地解释道。

"咱们的会员里面有没有党员，有多少党员，这可还是未知数啊。"有人提醒道。

"这个正在摸排中。"熊水华笑了笑，望了望在座的人，"咱们这些副会长中，谁是党员，请现在亮明身份。"

短暂寂静后，有近半数的人举起了手。其他人看看左、看看右，露出了惊讶的表情。

"咱们这里党员不少嘛!"熊水华眼里的光更亮了。

"但是,不知咱商会这党员人数,够不够成立党委……"又有人说。

"成立党委不够,咱就成立党支部,还不够,就调一些党员过来。"周金林斩钉截铁地说,"总之,党组织必须成立!"

"建立起党组织,本土商会的作用才能充分发挥出来,才会更好地提升咱们商会的品质!"熊水华也态度坚决。

意见一致,事不宜迟。

那些日子,在做好镇里工作的同时,周金林把主要精力全放在了成立水北商会党组织这件事上。请示汇报,沟通联络,协商敲定,在各级组织的努力下,2012 年 12 月 12 日,渝水区委组织部批准水北商会成立党委,周金林兼任商会党委书记。

在详细摸清入会企业和党员的分布情况后,水北商会对市内八十余家会员企业以行业统建的方式,分别建立了建筑行业、新兴行业、服务行业、客运物流业四个行业党支部;又以地域统建方式,建立宜春、九江、江苏、深圳四个流动党支部,还建立了一个商会党委直属支部和一个项目部党支部。

商会一百三十八家会员企业,实现党组织全覆盖。

把党建工作写进商会的章程,为水北商会乘风破浪开启了导航。

第五章

圆梦

　　水北商会的成立，向水北籍的民营企业家们吹响了集结的号角——过去，民营企业家们三三两两是小圈子，现在是一盘棋、一股绳了。在助力镇政府建设水北、振兴乡村的过程中，会员们有着得天独厚的优势，与乡亲们有亲情、人情的加持，做起事来乡亲们更容易接受。

　　有了党建引领，民营企业家们的思路、格局进一步打开，以至重塑了水北风气。

事实上，当选水北商会首任会长，熊水华是喜忧参半的。

他的心思早已一分为二，一半放在赣州的企业经营上，一半放在熊坑村的重建上，这个时候当选会长，只会更忙，熊水华担心自己精力不够。

但细细咂摸，耐心品味，还是欣喜更多。

从今以后，水北籍民营企业家可以凝聚在一起，互通有无，在壮大自身企业的同时，助力镇党委、镇政府共谋水北乡村建设，为彻底改变这片红土地的面貌而挥洒汗水，多么有意义啊！

人生海海，岁月茫茫，有多少人是在做有意义的事情中度过一生的呢？

15. 赤子心

当年，熊水华的父亲就是一位淳朴善良之人。在村里，谁家遇到难事，熊父总会伸出援手，一家人在熊坑的人缘极好。至今老人们提起熊水华的父亲，仍赞不绝口，称他是难得一见的好人。

遇到他家有事，乡亲们也都乐意帮忙。

这样的家风、村风，成就了熊水华的事业，更培育了他的大气、良善。

为家乡做事乃大善，当然有意义；忙就忙点、累就累点，熊水华认。

在他的脑海中，熊坑新村的蓝图上，不仅有十几栋联排别墅，还要有农家书屋，要有村民培训中心、办事大厅，要有功能齐全的文化活动中心，要有多功能的体育健身器材，要有篮球场，村口还要建两个人工湖，要随处见花草，处处飘芬芳……总之，城里有的，熊坑都要有；城里没有的，熊坑也可以有。

熊水华想得很细。

牛舍，农具置放处，家禽饲养处，他都想到了。

他在熊坑长大，村里人想什么、需要什么，熊水华再清楚不过。

修环村路，铺沥青，铺草皮，熊水华像个怀揣梦想的孩子，在家乡这片土地上，倾情营造着理想中的美丽新乡村。

美中不足的是，年轻人越来越少，都出去打工了，绝大多数还是跟着熊水华在外做建筑。村里出出进进的，多是老人和孩子，以及行动不便的残疾人。

熊水华没忘，也不能忘记他们。

2013 年 8 月 16 日，熊水华当选水北商会会长近一年，商会早已正常运转，熊坑新村的建设也进入收尾阶段。熊水华很欣慰，也很疲惫，脸上的皱纹多了，也深了，像过去的每一天刻下的记忆。抽个空，他再次回到村里，想看看工程进展情况，顺便放松一下紧张的身心。

建设现场，村支书邹春生的话像流矢，看似随意地在空中划过，最后却噗的一声，正中熊水华的心靶。

"熊总，您发现没？"邹春生指了指四周，"咱这别墅盖起来了，村里也快要唱《空城计》了。"

熊水华下意识地望了望周围，人影寥寥，不禁心中隐隐作痛。

"只剩下老人和孩子了。"正说着，邹春生看到熊小保的妻子小莲（化名）在角落里朝他们憨憨一笑，倏地又消失了，"对，还有熊小保和他的老婆。"

"不是一两年的事了。"熊水华呼出一口气，喃喃自语，"咱们的村庄老喽……"

"这不是正建新的嘛。"邹春生没转过弯来。

"年轻人要出去务工，要挣钱养家嘛。"熊水华苦涩一笑，"跟着我干的就有百十来号，村里怎会还有青壮年啊？"

"这些老人，尤其独守空宅的，力气和心气全认输喽——"邹春生也叹了口气，"别说干活了，吃饭都是饥一顿饱一顿的。"他话中有话。

像有闪电倏地掠过，熊水华的心头猛然一亮："村里搞个老年食堂可好，让老年人免费就餐。"

"当然好啊！"邹春生立即接住了话茬，"省里正在开展老年人'颐养之家'建设试点工作，咱熊坑可以拔个头筹！"

"还有这事？"熊水华一喜。

返回水北商会，熊水华与周金林商议过后，召集商会副会长、理事等骨干开了个会。

会上，熊水华详细叙述了水北乡村留守老人的现状，周金林又和大家一起学习了江西省民政厅印发的《关于开展农村老年人颐养之家建设试点工作的指导意见》。该意见，一个月前刚出台。

"老人们在村里活了一辈子，左邻右舍、街头巷尾，一眼望去全是牵绊，谁也舍不得离开。"熊水华看了看众人，缓声又道，"那些在外打工的儿女们呢，大多有心无力……"

"熊会长，您说吧，咱们商会能做什么？"常务副会长钱小云问。

"商会成立以来，一直想做些大事、实事，我看农村的养老问题，就是件迫在眉睫的大事。"周金林接过了话茬，"这样，咱们先从伍塘村委着手，搞个试点。"

"怎么搞？"副会长敖小海问。

熊坑换新颜（陈智 摄）

"办个老年食堂,先解决村里老人的吃饭问题。"熊水华解释说。

"这是个好事,老人们年龄大了,做饭费劲,常常做一回连着吃几顿。"副会长习润根说。

"就是,难吃不说,还容易生病。"副会长邹细保也表了态,"可是,经费从哪儿来?"

"咱们可以成立一个'伍塘村委养老基金会',放在商会入股,每年的分红用于食堂运作,包括老人的伙食费、炊事员的工资等。"熊水华说出了自己的想法。

为家乡老人做善事,又有熊氏四兄弟在前面做表率,商会的企业家们没二话,纷纷慷慨解囊。几天之内,二百六十万元捐款到位。

熊水华更忙了,但他开始享受商会赋予的这种忙。

2013年12月,占地二十六亩的熊坑新村竣工,老年食堂同步建成。为了圆梦新村,熊水华共捐资两千六百多万元,熊水生捐资三百万元,熊九仔、熊习生各捐资二百六十万元。

水北籍的民营企业家们,开辟了报效桑梓的新道路。

接下来的日子里,在商会的助力下,水北镇党委、镇政府开始推进各行政村颐养之家的建设,最终实现了全覆盖。

2016年12月,新余市委、市政府将颐养之家建设列入重点民生工程,印发了相关工作指导意见,为农村居家养老服务的发展指明了方向。

在探索中,水北商会开了先河。

———— 16. 新天空 ————

熊坑新村的落成，奇迹般改变了小莲的精神世界。

那里原是混沌、模糊不清的，现在逐渐清晰、明朗起来。

小莲姓邹，1975 年出生，上村村委邹家村人。她说不清自己的属相，别人问她名字时，回答也是含混的。但她知道熊水华，知道娘家村里有个邹细保，熊水华给她盖了新楼，邹细保掏腰包为娘家村里打了马路。后来，她又记住了熊水华与邹细保是在什么商会里，到处做好事，至于"水北商会"这个全称，小莲是说不清的。

小莲的故事，却和水北商会有着千丝万缕的联系。

之所以会嫁到熊坑村来，跟小莲的姐姐有关，她的婆家也是熊坑村人。作为姐姐，当然清楚自己的妹妹是个什么情况，更知道将来若没个依靠，妹妹的一生会很凄苦。于是，姐姐把目光投向了熊坑村的贫困户熊小保。

当年，熊小保光棍一条，虽然智商低了点，但维持基本生活没问题。

一番纠结，一番对比，一番撮合，小莲嫁给了小保。他们婚后的生活状况，村主任傅金香最清楚。

小莲的妈妈生了七个孩子，到最小的小莲这儿，妈妈似乎用尽了最后的气力——小莲的智商不高。在全家的照顾下，她几乎什么都不用做。嫁到熊坑村，熊小保虽不聪明，却懂得宠媳妇，尤其小莲给他生了个儿子后，更不让老婆做什么事了。每天，小莲除去吃饭就是睡觉，或者抱着孩子在街上乱溜达，衣服脏了不知道洗，肚子饿了不会做饭，好在丈夫做点小工，帮人家插秧、种田，不怕辛苦，一家三口住在摇摇晃晃的土坯房中，才算勉强度日。

2010 年的那场大水，彻底改变了小莲的生活。

确切地说，是熊坑村培养的四位民营企业家，以他们的慷慨义举，改变了小莲一家的生活。

那天，真像做梦一样，熊小保夫妇和他们的独子，免费搬进了新楼房。

住进宽敞的新房后，像风儿吹散乌云，小莲的天空出现湛蓝。她不那么爱睡觉了，开始屋里屋外收拾起来，衣服也知道洗了，甚至注意起打扮来。随着国家脱贫攻坚战全面打响，熊坑村有了小康驿站，村里不

熊坑新村

仅给小莲办了低保，还安排了一个打扫卫生的公益性岗位让她做，每月合计有近八百元的收入。在新村平坦的柏油路上，小莲走起路来像精力充沛的小马儿，脚步声铿锵有力，远远可闻，状态很提气。

2018 年，熊小保因病去世，村里人捐钱安葬了他。作为村委干部，傅金香更加关注小莲的生活，时常过去看看她在干什么，叮嘱一下注意事项。后来，小莲的儿子去新余市里打工了，家里就剩下小莲一个人。已成为伍塘村党支部书记的傅金香，又教会了小莲养鸡，不多，一二十只。

大伙儿帮小莲，没想得到任何回报，都是水北人，都是熊坑人，不能眼瞅着她被新时代落下，更不能被新生活落下，能帮一下就帮一下，能叮嘱几句就叮嘱几句，只要小莲过得好好的，全村人都安心。

小莲的心里，却悄悄擦亮了一面镜子。

有人见小莲孤零零守着家，难免冷清，就故意逗她："小莲，再去别的村寻户人家吧。"

"不，不去，哪儿都没熊坑好，"小莲用力踩了踩脚下的沥青路面，像在与谁抗争，"这马路打的，结实……"

大伙儿都觉得小莲变聪明了。

小莲也的确变聪明了。过去，傅金香来她家里，或是在路上彼此碰见，她总是没啥反应，如今，她老远就喊金香书记。

"金香书记、金香书记，抓个鸡给你啊？"说着，就要去圈里抓。

傅金香会笑着拦住她。

"金香书记、金香书记，拿鸡蛋给你啊？"小莲又去拿鸡蛋。其实，她不识数的，三两个与十来个，在她心中都一样。

傅金香当然不会要。

总是不要，小莲就有点急。有一天，她干脆提着一袋子鸡蛋找到了村委会。傅金香和几名村委正在商议下一步村庄环境的提升规划，见她气呼呼地进来，都很惊讶。

"怎么了？"傅金香问。

"我们家，生了那么多蛋，提一点给你。"小莲将袋子放在了桌上。

大伙儿一看，有十几个，都笑了。

"好，我们收下，但是，"傅金香按一枚鸡蛋两块钱算，掏出四十块钱，"我们给你的东西，你也要收下。"

小莲用力点点头，接过几张钞票，笑得像个孩子。

"感谢书记，感谢商会，感谢政府，感谢党……"她嘴里叨叨着，开开心心地打扫卫生去了。

谁也不知道，这几个词小莲是怎么记住，又是怎么分清的。

17. 红马甲

水北商会成立后，随着影响力扩散，整个水北的风气都在发生变化。

这种变化，像是春至河开，今天和昨天相比，没见有啥大改变，是在一点一滴、不知不觉中，水由固态变为液态，而后突然某一天，成就了大水奔腾的气势；更像樟树叶子迭代，注意不到哪片叶子是新生的，哪片是原有的，它们只是静静地遵循自然规律，缓慢而执着地生长，在某个雨夜之后，以崭新的面貌乍现世人眼前。

但这种变化，熊水华感觉到了，周金林、何华武感觉到了，商会大大小小的企业家们也感觉到了。

水北的企业家多，水北的集市窄，水北人乡土观念、家族观念又特别强，只要是节假日，无论天南海北，势必欢天喜地往家赶，还都喜欢开着车回来，豪车居多。每次遇到水北大集，窄窄的街道常常堵得水泄不通——你不认我、我不识你，你往前挤、我偏不让，一堵就是一两个小时。

改变，出现在商会成立一年多以后。

那天，逢大集，水北商会常务副会长钱小云开车回老家，路过水北集市时，车多路窄，一个红灯就拦下长长的车队。若在过去，你争我抢，早有加塞插队的了，可今天，大家没有一个着急的。钱小云正在诧异，却见旁边有辆车降下了车窗。

"钱会长，也回村转转啊？"说话者是商会的一位理事。

彼此打交道不多，但都在水北商会，面孔是熟的，钱小云也急忙跟对方打招呼。见前面的车龙暂时没有挪动迹象，他干脆下车，走到对方车旁，递过去一支烟，闲聊了几句。

"现在，农村也堵车喽……"钱小云指了指纹丝不动的车龙说。

"有条件了，谁不想改善一下生活啊。"对方也下了车，手搭凉棚朝前望了望，"还别说，以为就我素质高了呢，大伙儿都不错哈！"

"怎讲？"钱小云笑问。

"没有逆行的，这么一来，疏通很快。"对方意犹未尽，接着说，"要在过去，早把对向车道堵死了。"

"我也发现这个问题了，为啥呢？"钱小云纳闷道。

"你看前面、再前面那几台车……"对方指了指，"都是好车，八成也是咱商会会员的车，水北就这么大，有钱的企业家都进了商会，彼此即便不熟也打过照面，干啥的、哪个村的，基本都了解，哪还好意思莽莽撞撞地乱挤啊……"

对方有些话痨，钱小云却听得津津有味，不知不觉中，腰板挺得更直了。

水北商会的成立，向水北籍的民营企业家们吹响了集结的号角——过去，民营企业家们三三两两是小圈子，现在是一盘棋、一股绳了。在助力镇政府建设水北、振兴乡村的过程中，会员们有着得天独厚的优势，与乡亲们有亲情、人情的加持，做起事来乡亲们更容易接受。

有了党建引领，民营企业家们的思路、格局进一步打开，以至重塑了水北风气。

脱贫攻坚阶段，年底走访贫困户时，会员们穿着商会统一制作的红马甲，上面印着水北商会的标志以及"水之北·志愿服务"的字样，远看像一簇簇火苗，跳跃、穿行在水北的村头巷尾，将清冷的世界烘烤得

水北商会"红马甲"送温暖

暖洋洋的。

这些"红马甲"，能将精准扶贫政策"精准"地贯彻到末端。

他们从村庄走出去，再回到村庄，对村里的情况极为熟稔，各村上报的贫困户信息，哪个是真情，哪个是人情，他们能一眼发现隐藏的问题。走访时，"红马甲"们走进各家各户，先看房子，再问子女情况，发现信息不准确，并非真贫，他们会毫不客气地指出，将那些假贫困户、关系户剔除在外。在他们看来，商会的帮扶资金是全体会员们捐献的，不能乱撒胡椒粉，要把钱用在该用的人身上。

这一过程中，他们弘扬了正气。

商会成立后的第三个年头，钱小云的老家钱圩村，发生了一件事，令钱小云深受触动，他越发认定自己加入水北商会是个正确的选择。

村里的一位老乡，罹患脑瘫，日子过得凄苦，若非政府救助，生活早就难以为继。商会成立后，将其列为资助对象，定期探访慰问，给予帮助，使他感受到了社会的温暖。如此一个被厄运纠缠的人，在生命弥留之际，竟做出一个超乎寻常的选择，用含混的话语说："你们……把光明……给了我，我也要……把……把光明……留给世界……"

他，成为新余市渝水区第一位捐献眼角膜的农民。

随着水北商会的影响力涟漪般逐渐扩大，商会的"红马甲"成为水北乡亲们眼中特殊的符号、醒目的标志。

有一次，从新余往水北去的路上，因发生交通事故，道路被堵。钱小云恰好驾车从这里经过，也被堵在了车流之中，正要下车查看，却发现不远处有个中年男人也按捺不住，开始自己指挥车辆，想把一团乱麻理顺。

然而，任凭这中年男人喊破喉咙、涨红脸，也没人听他的。

钱小云暗自替对方着急。他想下车帮忙指挥，又怕人们同样不理自己，正在纠结，扭头看到后排座位上放着商会的红马甲——昨天，他们组织了一次慰问活动，完事后他就把红马甲放在了车上，没拿下去。

像有清风拂过脑海，钱小云拽过红马甲，穿上就下了车。

真是神奇。

穿上红马甲的钱小云，感觉自己成为一面火红的旗帜，指向哪里，哪里的车辆就顺利调动，你退他进、你让他行，没用多久，拥堵的场面，硬生生被钱小云梳理出秩序。

双向车龙，开始缓慢挪动，且渐渐加快。各种称赞声，从各式车窗内飘了出来。

"小伙子，给你点赞！"

"还别说，你这红马甲一穿，真像那么回事！"

"吃价（好），吃价！水北商会这红马甲，大伙儿认！"

…………

夸赞声中，钱小云骄傲得脸颊发烫。

第六章

漩涡

三人同样一饮而尽，颇显悲壮。

"只要我们抱成一团，没有过不去的火焰山！"敖小海趁热打铁，欠身为几人续上新茶。

"既然想干，就要干出个样来，干出真正对水北有用、真正震撼人心的大事来！"邹细保坐直身体，一字一顿地说，"人活一世，不能也不该糊里糊涂过！"

"没错！"众人异口同声。

四只茶盏碰到一起，声响清脆，盏中茶漾起了细细的波纹。

时光进入 2014 年，房地产市场进入波动期，全国房价开始下降。

水北，被誉为新余市的"建筑之乡"。水北商会会员大多从事房地产业，面对如此现状，会长熊水华竟率先陷入资金链断裂的险境。

几个月后，本想硬撑下去的熊水华已心力交瘁、回天无力，遂产生退意。在会长办公会上，他正式提出辞去会长一职，建议提前进行新会长选举，并推举副会长敖小海兼任商会秘书长，负责组织换届。

敖小海顿感压力巨大。

18. 出水北

1963 年，敖小海出生在新桥村委街上村，兄妹七人，他行五，父母皆是传统农民，只会勤耕细作苦种田，养活几个孩子已筋疲力尽，想要照顾周全，实在无能为力。每当敖小海跟人提起童年，总会苦涩一笑，而后一言以概之：

饿饭长大。

一个"饿"字，道尽世间几多愁。

肚子饿，但没影响学业。1979 年夏季，敖小海高中毕业。

国家恢复高考已经两年，作为应届毕业生，敖小海可以考大专，也可以考中专，他有意考一考大专，为自己争取一个更好的平台。但是，穷家子弟，不是想考就能去考的。

"小海，考个中专吧，早点毕业，能为家里减轻点负担……"班主任不无惋惜地拍了拍敖小海的肩膀。

敖小海低下头，没吱声。

"看看你爹妈，为了你们几个，都累成啥样了。"班主任叹了口气。

胸口像被压了磐石，有些喘不上气来，敖小海知道，班主任也是为了他好。可是，他真的不想放弃自己的想法。步履沉重地回到家里，敖小海先是跟父亲干了半天农活，熬到晚上，一家人吃过饭，父亲坐在门口抽烟时，他小心翼翼地靠上前来。

"爸，给您搬个板凳吧？"见父亲坐在一块石头上，敖小海说。

"不用，这个更凉快。"父亲难得清闲片刻，心情还不错。

"爸，我……"敖小海一时语塞。他蹲下来，随手捡起一块小石子，在地上胡乱画着。

"有事？"父亲看着儿子问。

"我这次毕业考试考得还不错，您知道吧？"敖小海鼓足勇气说。

"你妈跟我说了。"

"马上高考了，我想……"敖小海的勇气，像被扎漏的气球，迅速瘪了下去。

"你们老师跟我讲了，听老师的吧。"父亲仰头看了看渐渐暗下来的天空，不再说话。

敖小海的心，一阵乱跳。

他理解班主任，更理解父亲，但他不甘心，身上的每个细胞都不甘！

水北人骨子里的倔强，第一次影响了他的人生抉择。

敖小海保持了沉默，并在沉默中打定主意。高考时，他果断选择了考大专。然而，在事关这个年轻人一生的关键时刻，命运并未眷顾他，二十多分的差距，令他与大专失之交臂。

那段日子，村庄、田野、天空……敖小海看哪儿都是灰色的。

人生，其实需要自己调色。

就在半年多前，1978年冬季的一个夜晚，安徽省凤阳县小岗村的一间破旧草屋内，十八位农民，十八条汉子，以"托孤"的决绝，签订了"秘密协议"，按下十八枚鲜红的手印，悄悄实行了"分田到户，自负盈亏"的家庭联产承包责任制——大包干。这一举动，拉开了中国对内改革的大幕。是贫穷唤醒了改革的自觉，是自觉改变了他们的人生，改变了一个村庄，改变了整个国家。

这一切，青年敖小海尚不知晓。

但是，在这个溽热的水北夏天，某种神秘力量已经在他体内觉醒，开始蠢蠢欲动。

"爸，我……我想复读。"天气闷热，敖小海的指尖在颤抖，脑门上沁满了汗。

父亲沉默不语。

"明年再考不上，我就认了。"敖小海咬着牙说。汗水浸入眼角，眼睛涩涩的，他不敢去擦。

"你三个哥哥两个是木工，一个是泥工，你去学泥工吧。"父亲慢吞吞地开了口。

敖小海脑袋里嗡的一声。

"这样，两个木工、两个泥工，多好。"父亲黝黑的脸上，浮现一丝苦笑。

转过身去，敖小海的泪水再也忍不住，顺着脸颊滑落下来。

夜里，敖小海辗转反侧，在汗水的浸泡中，想了很多很多。

新桥并不缺他这个泥工，缺的是知识，缺的是眼界，缺的是格局，他不愿再像父辈那样，挥汗如雨劳作一年，到头来肚子都填不饱。他朦胧地意识到，日子不该这么过。然而，学校离得远，周一到周六他要在学校吃住，就算自己带粮油，让校食堂负责做，一个学期仍要八块钱。

八块钱，在那个一分钱也能难倒英雄汉的年代，以敖小海的家庭条件，可不是一笔小数目。

去哪儿找这额外的八块钱啊！

想到父母被生活渐渐压弯的脊背，想到二老被岁月渐渐染霜的鬓角，愧疚感像嗡嗡作响的蚊虫，将敖小海团团围绕，使他陷入了深深的迷惘。

更令人伤心的是，在这个煎熬的暑期，敖小海的爷爷去世了。

虽然穷，水北人在老人的后事上绝不马虎。

悲伤氛围的笼罩下，家里忙碌起来。敖小海有个姑姑定居在陕西咸阳，得知噩耗，急匆匆回到水北奔丧。悲痛、泪水、追思、哀悼，待老人入土为安后，姑姑才有精力询问一下家里的状况。

陕西、咸阳，在敖小海看来，是遥不可及的地方，是神话里仙境般的存在，那里的人们，日子该是怎样的呢？无论如何，看姑姑一家人的状态，咸阳肯定比水北强。只要比水北强，那过的就是神仙般的日子。水北啊水北，穷得只剩下大大小小的丘陵，只剩下旱涝频仍的红土地，人们那么勤劳、那么辛苦，还要勒紧裤腰带来抵抗饥饿，真是令人不甘啊！但是，不甘又能怎样？八块钱就可以改写一个人的前程，你又能如何？

"小海，今年考得咋样？"姑姑突然问。

敖小海愣了一下，挠挠后脑勺，讪讪一笑。

"没考上，差二十一分呢。"父亲替他答了。

"考这么高的分啊？"姑姑惊讶得瞪大了眼。

敖小海也瞪大了眼，心怦怦乱跳。姑姑接下来的话，更让他吃了一惊。姑姑的儿子、敖小海的表哥，今年也参加了高考，分数比他还少十几分，但陕西的录取分数线低，表哥不仅考上了，还是个本科。这个对比，极大地刺激了敖小海本就敏感的心。

"让他去学个泥工，还不愿意。"父亲又对姑姑说。

敖小海的心差点没蹦到嗓子眼儿。

"小海这么好的成绩，再复读一年，考个大专肯定能行！"姑姑说。

"唉——"父亲重重地叹了口气，"家里不止他一个孩子。"

"复读需要多少钱？"姑姑问敖小海。

"八块……"敖小海嗫嚅道。

姑姑拿出十块钱，放到敖小海父亲手中，郑重地说："哥，今后我来供小海，读了书，才能有出息！"

姑姑这次回乡，改变了敖小海的人生轨迹。一年后，他顺利考上了宜春农校——那时还叫上高农校。第一次，小心翼翼，怀揣期冀，敖小海离开水北，离开新余，向着更广阔的天地飞奔而去。几十年后，他早已回到家乡，并有能力资助水北籍贫困大学生，常对他们讲起这样一段话：

"接受捐赠，不要有自卑心理，我曾经也是受人资助，才有了今天……人生境遇各有不同，不要怨你的父母、你的家庭、你的村庄，而是要用你的努力，改变这一切……"

当然，在这个溽热、焦灼的夏天，敖小海还没能想那么多、那么远。

他和很多水北的新生代一样，像脱离母体的蒲公英种子，只知道朝远方奋力飘啊飘，要寻找一处适合自己的土壤——暂且无暇他顾。

19. 行以致远

从宜春农校顺利毕业后，饿饭长大的敖小海被分配到宜丰县车上乡，1987 年调回水北，成为一名农业技术员。

奔走在熟悉的大地上，敖小海很亢奋，想利用所学知识、所掌握的本领，让家乡的田地多产些粮食,让父老乡亲们都能吃饱饭、吃好饭。然而，改革开放的大环境下，社会各个方面变化很快。水北人民公社改为水北乡后，为发展乡镇经济，乡里成立了乡镇企业办公室。敖小海年轻，又有学历，懂农村工作，组织上就安排他担任了办公室主任。

敖小海再从事的工作，便与企业有关了。

都是改变乡村现状的事业，敖小海同样干得有声有色。几年后，他又被任命为副乡长、副书记，并从 1995 年一直干到了 2001 年。三十八岁的他，踌躇满志的时候，却未曾想到，忙忙碌碌中，自己进入一个略显尴尬的人生阶段。

上级对他的印象是：提拔使用吧，年龄偏大；调到渝水区工作吧，又显得年龄小了些。

说者无意，听者有心。

敖小海感到有些憋屈，有些英雄气短，却也只能继续踏实工作，耐心等待。忍耐，对于一个饿饭长大的孩子来说，是基本功。没多久，这种忍耐在敖小海身上发挥了效能，他终于进了新余城,调入渝水区交通局。

他认为，可以在此干到退休了。

21 世纪初的中国，各方面建设进入快车道，如东风拂过百花园，变化随时可见。为使少数人富裕变成多数人富裕，江西省委发出了"全民创业、富民兴赣"的号召，以期最大限度激发群众的创业潜能，推动地区加速崛起。

新余市行动起来。

渝水区行动起来。

在渝水区交通局的工作岗位上，敖小海兢兢业业地工作之余，偶尔也会畅想一下退休后的生活，以为人生就这样也挺好。谁知，区领导却找上门来。

"小海，你带头下海经商吧？"领导恳切地说。

敖小海一愣。

"干得好好的，我下什么海呀，淹死怎么办？"他不客气地说。

领导笑了。

"你，没问题。"盯着敖小海的眼睛，领导又说，"你在乡镇企业办公室工作过，能力强，有经济头脑，又是水北人……"

"水北人怎么啦？"

"水北人自古就不乏经商能手嘛，我们看好你！"领导鼓励道。

"未必……"敖小海淡淡地说。

"其实，以你现在的能力、年龄，改变一下生活状态，也是好事。"领导又说。

敖小海思忖片刻。

"给我点时间。"他说。

夜里，敖小海失眠了，脑海中大雨滂沱。

哦，已经四十二岁了，并未觉得进入了不惑之年，心中的某个角落，十二岁的敖小海，二十二岁的敖小海，三十二岁的敖小海仍在，有的在田野里自由自在地牧牛，有的在稻花香中解答乡亲们提出的农技问题，有的在办公桌前低头处理公务，脸上还洋溢着成熟、富有激情的光……

怎么突然就四十二岁了呢？

四十二岁也就罢了，还只是个副科！

再有个十来年，五十一二岁的时候，就可能退二线了。如此想来，在行政职务上，自己的确不再具备竞争力。

但敖小海有情绪，很大。

当初，可以提拔乡长的时候，说他年龄偏大，想上区里工作吧，又说他年龄偏小、基层工作时间短……如今好不容易稳定了，又想让他辞职下海，这算怎么回事！

敖小海从床上坐起来，走到窗前，点燃一支烟。

长夜漫漫，他久久伫立，一支抽完再续一支。

夜空澄净，像刚刚擦洗过的黛色玻璃，点点繁星似晶莹宝石，在苍穹中闪烁着清亮的光。人啊，是不是也该如天上星，虽淹没于浩瀚星海，仍要执着迸射自己的光芒呢？

一颗流星划破夜空的同时，一个信念在敖小海的心中形成。

翌日，经过深思熟虑后，敖小海把想法跟妻子说了，妻子表示支持他的选择；他又把事情给正在商海鏖战的哥哥姐姐们讲了，出乎意料，哥哥姐姐也很支持他。

不惑之年的敖小海有了信心。

得知敖小海要下海经商，同事们都很惊讶，区领导却再三鼓励他。其实，打定主意的敖小海不需要鼓励了。既然已经做出抉择，就遵循自己的内心好了。但他不想再像大多数水北籍民营企业家那样，走房地产、工程开发等老路，敖小海有自己的打算。

他对自己的要求并不高。

一年下来，能赚个四五十万，养家糊口的同时，再养上一辆小汽车，老同学、老同事来新余玩，有能力大大方方地请他们吃个饭，能过上体面的生活，也就不错了。

2005年1月，西年春节来临之际，敖小海到单位办清了离职手续，在同事们复杂的目光下，走出四平八稳的机关单位，一头扎进深不可测的商海。同月，敖小海注册的金珠矿业有限责任公司正式营业。

全新的生活向他张开怀抱，这怀抱是温暖还是冰冷，只有试了才知道。

办企业需要大量资金，这不是一个拿工资的人所能承担的。敖小海找了四位老同事帮忙，每人借款二十万，自己又东拼西凑六十万，勉强拿出一百四十万元。这点钱，对于投资矿业来说，仍是杯水车薪。

哥哥姐姐们向敖小海伸出援手，解决了后续资金的问题。

公司正常营业后，敖小海深谙大树底下好乘凉的道理，在严把质量关的前提下，以对接新钢（新余钢铁厂）、服务新钢、做新钢上游为企业生存之本，为新钢供应优质铁精粉加工成的高炉球团等产品，彼此很快形成稳定的合作关系。

当时，球团加工产业是卖方市场，基本处于供不应求的状态。

原打算一年赚个四五十万，谁知初入商海便收获颇丰，敖小海惊喜不已。但他清楚不能就此踏步，区领导给他提出的要求是：每年向区本级财政缴纳税款二百六十万元。

这不是个小数目。

自己踏足商海较晚，必须更加小心谨慎，方能行以致远。初战告捷，敖小海时常这样提醒自己。

2008 年，美国次贷危机引发的金融危机，以排山倒海之势波及全球，国内市场也受到影响，矿价断崖式下跌，新余周边的矿场纷纷停产。敖小海公司的球团生产也停了近十个月。政府呼吁所有规模以上工业企业抢抓订单，全力渡过难关。在自身企业生死存亡的关键时刻，敖小海意识到只有抓住上游的矿产资源，才不会受制于人，才能增强抵御风险的能力。

他开始向上游合并铁矿山。

很快，国家实施了保持经济平稳较快发展、调整经济结构和管好通胀预期的宏观经济政策，钢铁产业复苏，对铁矿石的需求猛增，三年时间，敖小海实现了质的飞跃。

这时的敖小海，拥有了更大能力。

能力越大，责任越大。水北商会成立之初，敖小海便加入进来，期望借用这一平台为家乡做点事情，他知道这一过程会很难，也做好了心理准备，但万万没想到，熊水华竟会把组织换届的重担交给自己。

这可是件令人头疼的大事。

新会长，哪儿那么好选?

20. 挽狂澜

早在熊水华宣布辞去会长职务前，敖小海就已经忧心他的境况。

但那时，敖小海还抱有乐观的期待，认为熊会长怎么也能坚持干满三年。如今，担忧变成现实，敖小海不禁心头一紧。他在体制内工作过，深知一个团队组建起来难，垮掉却易如反掌。

有时，仅需在内部支点处轻轻一推，坚固的堡垒就会轰然倒塌。

曾经，因起步较晚，敖小海精力有限，只想一心一意把企业发展壮大，让自己过上理想中的生活，没打算加入水北商会。他是在周金林、何华武等人的多次劝说下，才抱着试试看的态度进入这个集体。最初，见个别民营企业家素质不高、集体意识不强、作风松松垮垮，敖小海打算待上一两年便全身而退。后来，随着党建工作的深入，会员们的精神面貌发生很大改变，商会在水北乡亲们的心中渐渐有了影响力，敖小海便坚定了干下去的信念。

谁承想，会长先有了退意！

水北商会到了生死存亡的关键时刻，若无人接替会长之职，极可能分崩离析！

作为一名党员、一个水北人，敖小海认为，自己该尽一份力了。水北商会必须坚持住，不能给民营企业家们丢脸，更不能给水北的乡亲们丢脸；水北的红土地上，一张张黧黑、粗糙的面孔，仍在召唤水北商会的到来，仍在期盼民营企业家们的助力……

不仅敖小海心急如焚，常务副会长钱小云，习润根、邹细保等几位商会重量级人物，同样不希望水北商会就此一蹶不振。散会以后，他们三位不约而同找到敖小海，决定抽时间几个人坐一坐，共商对策。

2015年4月的一天，新余市区一个普通的茶楼内，四条汉子围炉煮茶，直奔主题。

"无论如何，水北商会绝不能散掉！"邹细保快人快语。此刻的他，目光炯炯，像有火苗在眸子里燃烧。

"细保说得对，咱们水北人想做成的事，哪有半途而废这一说？"习润根缓声道。声音不大，字字千钧。

"两年前轰轰烈烈、豪言壮语，现在若这么不声不响地垮了，回水北头都抬不起来！"钱小云也说。

三人的态度，给敖小海吃了定心丸。

"几位说得极是，咱水北人不能跌股（丢脸面），也跌不起股！"敖小海端起面前的茶盏，"我以茶代酒，先敬各位一杯！"说罢，一饮而尽。

三人同样一饮而尽，颇显悲壮。

"只要我们抱成一团，没有过不去的火焰山！"敖小海趁热打铁，欠身为几人续上了新茶。

"既然想干，就要干出个样来，干出真正对水北有用、真正震撼人心的大事来！"邹细保坐直身体，一字一顿地说，"人活一世，不能也不该糊里糊涂过！"

"没错！"众人异口同声。

四只茶盏碰到一起，声响清脆，盏中茶漾起了细细的波纹。淡淡茶香，浓浓豪情，令每个人的面孔涨红起来，像喝的是酒。

"我们之中，要出个挑大梁的。"见时机已到，敖小海说出了本次碰头的核心。

"小海，你在政府工作过，经验丰富，你说吧，谁合适？"习润根接话道。

"我能力有限，继续干我这个常务副会长就行了。"钱小云表态。

"我和润根年龄偏大，细保正合适，做人大气、有担当，任会长没问题。"敖小海解释说。

习润根和钱小云表示赞同。

邹细保却将头摇成了拨浪鼓："我文化水平不高，商会的工作程序又不懂，干不来干不来！"

"会长，不是有文化就能干得了的，关键在格局、在心胸……"敖小海又为大家满上了茶，"无论年龄、格局、心胸，细保你都具备，就别谦让了。"

邹细保笑了笑，没接话。

钱小云看出了他的担忧，霍地站起身来，大声说："老邹你放心，只要你来当会长，我们三人——"钱小云看了看敖小海、习润根，接着说："我们会紧紧跟你捆绑在一起！"

"万一……"邹细保仍有些迟疑。

"没有万一。"敖小海说。

"没错，我们一定全力支持你。"习润根也郑重道。

"你来当会长，我们要是不真心帮你，就不是人！"钱小云带头发起了誓。

习润根与敖小海同时点头。

似有千钧担，压得邹细保仰头靠在了沙发上。

房间里，安静得只听到电热水壶在咕嘟咕嘟响，像也有一肚子心事。

片刻之后，邹细保坐直身体，看了看三位同仁，笑着说："也罢，既然大家把话说到这儿了，那我就试试，但有个条件……"

"你说。"三人异口同声道。

"会长，必须是选出来的才行，选不到我，我就不当。"

邹细保自己尚未想到，这句话说出口，他的人生轨迹已然发生改变。

第七章

担当

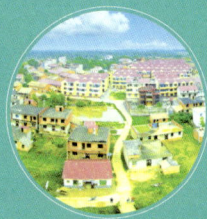

邹细保在商海闯荡了半辈子，风风雨雨没少经历，之所以能破浪前行，坚持至今，跟他做人做事的风格分不开。

他顶住各方压力，对水北商会管理层进行了大整顿。

刀刃向内，刮骨疗伤。

自我革命的结果，就是剔除了过去存在的顽疾，使商会这棵大树焕发新的生机。

作为家里的第七个孩子，邹细保呱呱坠地时，邹家的日子好过了些——有红薯米饭吃了。尽管米粒少红薯多，吃后胃灼热，忍不住打嗝、放屁，但起码能填饱肚子。父母文化水平低，只会向贫瘠的土地要口粮，日子过得困顿。三个哥哥穿两条裤子的时候，邹细保没赶上，却也吃不上好东西，直到初中毕业，长得仍像少肥缺水的小树苗。

然而，喝着水北的水、吃着水北的米，水北人的秉性，早像血液一样淌在了邹细保的身体里。他倔强、顽皮、不服输，跟小伙伴们打闹，被摁到地上也绝不讨饶；他讲义气，脑瓜灵活，稍大点，就成了小伙伴们的核心，孩子们喜欢围着他转，跟他一起满世界跑……

奔跑中，这些水北孩子开创了属于自己的世界。

21. 少年梦

1967年阴历八月的一天，邹细保出生在水北公社上村村委邹家村一户普通农家。那时，左邻右舍们未曾料到，多年以后，邹家村会因这个孩子的到来，发生翻天覆地的变化。

谁又晓得以后的事呢。

哥哥姐姐们都很喜欢邹细保这个最小的弟弟，父母因为忙，没工夫管他，这样的家庭氛围，给了邹细保极大的自由空间，使他能像一匹精力充沛的小野马，在蒙河两岸自由奔跑，尽享贫穷却无拘无束的童年生活。

不过，到了课堂上，老师邹井恒就要给他拴缰绳了。

"邹细保，站起来！"邹老师一声断喝。

邹细保吓了一跳，晃几下脑袋，极不情愿地站起身，弄得屁股下的破木凳吱吱作响，像在抗议。

"为啥没交作业？"邹老师大声问。

"昨天放学后，去放牛了。"邹细保答。

"胡说！"邹老师拿起那根樟树枝做的教鞭，神色严肃，走了过来。

邹细保不禁缩着肩膀，暗自憋劲儿，等待疾风骤雨。

"明明见你在街上疯跑。"邹井恒不仅是邹细保的老师，还是他的邻居。为此，邹细保不止一次跟父母抱怨，不该住在老师家隔壁。

"就是放牛去了。"

"还犟嘴！"啪的一声，教鞭落到了邹细保的瘦屁股上。

邹细保没空犟嘴了，拼命扭动身体，躲避着老师的责罚。当然，邹井恒只是声势大，并未下重手。尽管如此，邹细保的屁股也会疼几天，回家又不敢跟家人讲，担心隔墙有耳。

调皮归调皮，被邹老师罚站、打几下，邹细保从不往心里去，见到邹老师仍毕恭毕敬的，很尊重。只是，学习成绩怎么也上不去。

他心里装的，是外面的大世界。

邹老师讲，附近的黄坑村出过好多大商贾，遗留了大片古宅。邹细保动了心思，琢磨能在老屋里寻到宝贝。在他的撺掇下，这天，几个小伙伴悄悄溜出邹家村，朝村子东北方向的黄坑跑去。

进了古村，孩子们没敢去有人住的老宅，专挑那些空屋钻。踩着泛青的石板，穿行在浸透了数百年岁月的古屋之间，邹细保的心灵，第一次受到深深的震撼，以至敛声屏气。

这些迷宫般的建筑，虽年久失修，但那些装饰了精美木质雕花的门扇、窗棂，以及古屋内外随处可见的匾额、对联，无不诉说着过往的辉煌。

黄坑古村（李海东　摄）

尤其那些写着"大夫第""司马第""养正斋"的大屋正门，皆由四块青石板筑成，两侧长达两米多的青石，竟全是未切割的整块石条——这是先人们的力量，更是先人们的炫耀。

"肯定有宝贝！"邹细保抹了一把额头上的汗，鼓动小伙伴们。

几个孩子兴冲冲在古宅的犄角旮旯搜寻起来。

当然一无所获。

屋里屋外、堂前堂后折腾一番，邹细保他们玩累了，想找个地方喘息片刻，于是叽叽喳喳地吵嚷着，跑出古屋群，来到黄坑村那棵最高最粗最茂盛的古樟树下，打算在此歇一歇，顺便用胳膊丈量一下，古樟到底有多粗。大人们都说，这棵老香樟已有五百多年的历史，是一棵镇村宝树，更是帅气阔气神气之树，拍一拍它的树干，能使人百病不侵。孩子们来到树下，仰望粗壮笔直的树干，环顾阔大茂密的树冠，忍不住又大惊小怪地叫嚷起来，将在树根处纳凉打瞌睡的一位老农吵醒了。

"你们这些细伢子，乱叫些什么？"老人嘴上嗔怪，古铜色的脸上却溢满了笑。

孩子们先是一愣，很快又恢复了调皮的状态。邹细保胆子大，一屁股坐到老人身旁，央求老人给他们讲讲古村的故事。在天真的孩子们面前，老人毫无抵抗力，索性摇着破蒲扇讲了起来。

"知道这黄坑古村是什么人建的吗？"

邹细保摇头，孩子们都摇头，古樟树也在晃动枝叶。

"咱们这儿呀，有个说法，叫'出门十八里，里里有黄金'。"老人说着，眯起眼睛，似乎被金子的光芒闪到了。

邹细保没见过金子长啥样，但听邹井恒老师讲过，说是像早晨的太阳那样，黄灿灿的。他瞪大了眼睛。"快讲，快讲！"他嚷道。

"原来啊，村子前面……就是那里，"老人用蒲扇指了指村南的蒙河，"就在蒙河边上，当年是个码头集市哩！"

几颗小脑袋齐刷刷扭向村南。

"清朝的时候，哦，那个时候，咱们黄坑有人在赣州做棉花生意，做得很大，赚了大钱。"

"大钱有多大？"邹细保一脸好奇。

"嗯……大钱就是，很多很多钱。"老人笑了。

"赚很多钱干什么用？"另一个孩子接话道。

"赚了大钱，就可以建大房子，修大宅院啊。"老人指了指不远处的古屋，接着说，"建这些古屋，用了很多上好的木料，据说都是从赣州买来的，经蒙河运到咱们村外，那些大块的上好石料，也花了很多钱的……"

邹细保突然想到了自己家，想到一家人挤在逼仄、闷热、昏暗的屋子里，几个哥哥常为空间不足而抱怨——若自己也能赚大钱，就可以建大房子，让爸爸妈妈、哥哥姐姐住得舒舒服服的，那该多好。

回家路上，邹细保出奇地安静，不像过去那么大呼小叫了。

十五岁那年，邹细保初中毕业。考虑到成绩并不理想，参加中考也未必能如愿，他索性揣着红皮子毕业证回了家，彻底告别校园生活。

在村里晃悠了一段时间，骨子里的不安分，令邹细保开始跃跃欲试，他想去外面的世界闯一闯。二哥比邹细保大十六岁，在毗邻水北的上高县组织了一支小型基建队，业务还不错。邹细保想让二哥把自己也带出去，待二哥回家时，开始软磨硬泡，最终二哥答应了。

邹细保有个堂兄在二哥手下做事，是个木工。考虑到弟弟才十几岁，二哥就让邹细保跟着堂兄干起了木工活，学做一些木板、窗框之类的简单物什。

那段日子，少年邹细保是快乐的。

第一次离开水北，他按捺不住兴奋，瞧哪儿都新鲜，干什么都来劲儿。他认为自己的羽翼正趋于丰满，可以准备起飞了，夜里做梦，甚至能听见自己在催促自己：

"……你赶快飞吧，能飞多高飞多高，能飞多远飞多远，去赚钱、赚大钱，让家人过上好日子，让全村人都过上好日子……"

求变，才能得变。

若一直跟着堂兄学木工，邹细保极可能成为一名出色的木匠，但他没有。没有的原因很简单，木工活好枯燥、好累人，干了不到两年，邹细保就有了另谋出路的打算。

大姐夫在宜春水泥厂上班，每次来岳父母家，总爱讲一些厂里的事，说那里怎么好、如何受人尊重，听得邹细保心头直痒痒。瞅准机会，他将不愿再干木工的想法告诉了大姐。

<h2>22. 击长空</h2>

1984年,邹细保心想事成,去了宜春。

谁承想,在水泥厂仅干了两年多,他又不得不返回新余。

在厂子里,邹细保的工作是灌水泥包——将散装水泥灌进牛皮纸袋子。这活计,太累、太脏,令人窒息,不是他这副瘦小身板能承受得了的。那段日子,邹细保视线里飞舞的、脑子里喧腾的,全是水泥,耳朵、鼻子、嘴巴里也都是水泥,吐口唾沫像是搅拌后的水泥。晚上收了工,若不及时冲洗,他担心自己会被水泥封起来。脏还不是关键,关键是那些水泥包太沉,邹细保拎一袋两袋还勉强,多了,每挪动一袋都要使出吃奶的劲儿,睡觉时,人躺在灰扑扑的床上,似乎也要散成水泥粉末。

回到新余,邹细保跟着表哥学起了摄影。

事不过三,这次他选对了。

为纪念新余籍国画大师傅抱石,新余人在市中心建了中国首座以美术家名字命名的公园——抱石公园。表哥在公园附近开了家摄影店,邹细保去了,主要负责帮表哥去外地洗照片。那个年代,新余本地没有照片洗印部,为顾客照了相,需要拿着胶卷去广州洗。

看似一个简单的活,干起来并不轻松。

当年,新余到广州没有高铁,快车都没有,只有逢站就停的绿皮慢车,咣当当,慢吞吞,单程也要二十多个小时,还没座。每去一趟广州,表哥给他四十五块钱，邹细保能省则省。去的时候，带的是一两百个胶卷，还算轻松，照片洗出来，便是由质到量的变化——有几十斤重，要两个蛇皮袋子才能装下。为了能在车厢抢占一个放照片的好位置，邹细保干脆用毛巾将两个袋子的口扎在一起，像褡裢那样挂在肩头，方便行动。他个子小，人又瘦，扛着两个鼓鼓囊囊的大袋子，在人群中拥挤、推搡，常常累得气喘吁吁，被挤得双脚离地。

在火车上，东西有地安置，人却没处安放。实在困得不行，只能躺在座椅下面。车厢内环境很差，乘客素质参差不齐，到处乱哄哄的，地板上满是瓜子皮、香蕉皮各种垃圾，邹细保只能简单划拉几下，清出一块安身之所，蜷缩而眠。其间，还要时不时起身查看照片袋子，提防被挤坏。面对这样的情境，想上厕所也得能憋就憋着。

千辛万苦跑广州，邹细保可不想只做一件事。

等照片的过程中，他的目光始终在街头挖掘。那时，港星"四大天王"正火爆，大人孩子都喜欢，见不到明星本人，买一些他们的大头贴纸、印刷精美的照片，贴到本子上、镜子上，挂到墙上，摆到桌上，没事的时候端详一番，也挺美。这些东西，广州多的是，新余也有，但新余的贵，五块钱一张，广州只需一块。

邹细保明白其中意味着什么。

渴了连根冰棍都舍不得买的他，会掏空口袋里的钱，全部用来买这些明星贴纸和照片。有时，也会买其他紧俏货。待照片洗好了，所有东西往编织袋里一装，肩头一搭，开始返程。

肯定很重，但这是幸福的重、甜蜜的重，为了多赚点钱，邹细保不怕担子重。他是水北人，坚韧顽强的水北人哪会在乎这点小压力。

1987 年 7 月 1 日，商业意识强烈的邹细保，东拼西凑，以九万元的价格进了一套照片冲洗设备,与表哥一街之隔,开了家属于自己的冲洗店。他的设备没有表哥的好,人家是进口的,他这套是国产的,但他肯吃苦,服务态度又好,整个新余市当时又仅有这两家冲洗店,因此生意还不错。

但也只能算是还不错,距邹细保的理想目标还差得远。

婚后,随着孩子诞生,花钱的地方越来越多。与此同时,做照相生意的人也越来越多,邹细保意识到,不能单守这么个小店,否则总有一天会被市场经济的大潮吞没。

他开始寻找新的致富契机。

到了1994年,邹细保决定做点大生意了。

随着国家经济建设迅速发展,钢材市场供不应求,钢铁产业迎来红火时期,新余钢铁厂同样如此。邹细保看准商机,也做起了钢铁生意——收购废旧钢铁,提供给新钢。他跑去云南玉溪、曲靖等地收购废钢,千辛万苦地运回新余市,卖给钢铁厂。几千里地来回跑,很考验人的毅力,但利润是可观的。最重要的是,在这一过程中,邹细保结识了很多新钢的工作人员,因他守诚信、讲义气,彼此处得很不错。与新钢建立稳固的关系后,邹细保再次及时转变思路,将视线投向了煤炭行业。

炼钢需要能源。

邹细保从山西购进煤炭,通过货运列车运回新余,为新钢源源不断地提供优质煤炭——人家是"酱油",他仅是"味精",却同样获得了丰厚回报。这一干,就是二十多年。

往事绝非烟云……

加入水北商会后,作为副会长,除去正常打理生意外,邹细保余下的精力全放在了家乡建设上。他乐意为水北乡亲们做些实事,很喜欢这种感觉,但他从未想过,水北商会这座新建的大厦,需要他来当顶梁柱。

若说没顾虑、不担心，那是假的。

23. 向成熟

信任推不掉，邹细保答应试试会长一职，但有个前提，必须是大家选他来当才可以——名不正言不顺的话，当了会长也束手束脚。

优秀的企业家就这样，能一下攥住核心。

为把工作做在前面，商会党委一班人采取了最简单也最有效的办法：一个个去找，一个个去谈，让会员们清楚水北商会面临的首要问题，清楚今后发展的方向。

敖小海经验丰富，更是将准备工作做得扎实到位。商会成立之初，为便于开展活动，组建了十五个联络处。敖小海隔一天将一个联络处的成员请到一起，边吃饭边聊天，共谋商会下一步的出路，在这个过程中，也使大家对邹细保有了更详细的了解。

前前后后，敖小海自掏腰包，请了近四十单饭。

思想统一，基础筑成。

万事俱备，东风拂来。

2015 年 6 月 21 日，事关水北商会未来的第二届会长选举大会召开。

邹细保高票当选第二届商会会长。在经历短暂的低迷之后，水北商会前进的路上，再次燃起了火炬。

人们没有看走眼，大家的选择是对的。过去，邹细保在商会中属于不显山不露水的存在，却有着大智若愚的格局；如今，企业家们将他推到了会长位置，他行事果断的风格，很快表现出来。

"谢谢大家的支持，既然希望我来带这个头，我也就责无旁贷，但有一点，"邹细保微笑着看了看众人，"让我当会长，必须给我充分的人事权。"

商会党委书记周金林第一个表示同意。

副会长、理事们均无异议。

邹细保在商海闯荡了半辈子，风风雨雨没少经历，之所以能破浪前行，坚持至今，跟他做人做事的风格分不开。

他顶住各方压力，对水北商会管理层进行了大整顿。

刀刃向内，刮骨疗伤。

自我革命的结果，就是剔除了过去存在的顽疾，使商会这棵大树焕发新的生机。

在秘书长敖小海的建议下，一系列瞄准病灶开药方的工作程序、规章制度纷纷出台。再开会，桌上出现了桌签，也有了严格的会议议程，每人的发言时间也都做了限制，杜绝讲起来没完没了又无实质内容的车轱辘话，加之会前酝酿、会上讨论、形成决议，商会的议事效率大大提高，党委决议也能得到很好的落实。

揉皱了的一页纸，差点被吸入时空黑洞的一页纸，正在被一点点展开、铺平，并书写上了新内容、新希望。

必有一番过程，改变肯定不是吹口气就能实现的。

民营企业家们习惯了单打独斗，个性都比较强，你说今晚开会，他偏偏有应酬，酒足饭饱了，才姗姗来迟。坐下后，酒在体内蹿，话从口中出，叽叽咕咕说个半天，唾沫星子没少费，却没说到点子上，本来一个小时可以解决的问题，往往会开到了后半夜，事情仍是一团乱麻。

这也是部分会员不愿再干的原因之一。

必须要整顿了。

一天，商会召开会长办公会，大家按时抵达会议室，坐下后，你看看我、我看看你，发现还少一位。邹细保一个电话追了过去。手机里，这位副会长接连道歉，说是一大早接到宜春市副市长的电话，请他过去商谈一下合作项目，只得急匆匆离开了新余。

问："何时能归？"

答："很快很快，办完事马上回返。"

结果，一等就是两三个小时，等得众人脸都青了。

事后，邹细保找到了敖小海。

"敖会长，这么下去可不行。"

敖小海想了想，说："肯定不行，没规矩不成方圆，咱要定规矩，按规矩来。"

"比如……"邹细保拿过纸和笔。

"有会，咱提前一周通知，除非人在国外，否则必须到。在国外的，把机票拿回来给大家看。人在国内的，无论什么理由，迟到十分钟以内，不罚款；超过十分钟，罚款一万元；请假不到会的罚款两万，不请假的罚三万；罚款必须交现金，财务当场开收据，算作商会经费。"敖小海缜密地道出了自己的想法。

邹细保连连点头，补充道："还要明确，只要今天有会议，会前就不能喝酒，拍照的时候，不许抽烟。"他本人烟瘾就很大，算是给自己也念起了紧箍咒。

想到的，一条条记了下来。

强调商会作风纪律的相关规定，很快在会长办公会上通过。

谁知，第一个因迟到被罚款的，居然是制定规则的副会长兼秘书长敖小海——他给绳子系个扣，先套在了自己脖子上。

敖小海当然有他的理由。

会议定在上午九点开，是个风和日丽的好天，敖小海八点五十分就到了商会楼下，但没进去。下了车，他信步走到一棵香樟树下，背着手，仰头望了会儿葱郁的树冠，心事重重。小小的一粒种子落地、扎根、发芽，到成为一棵参天大树，该充满怎样的艰险？在它弱小时，哪怕从天而降的一只脚，顽童的一次小小好奇，抑或一只鸟的随意啄食，都可能让它所有努力化为泡影；好不容易长高了、长大了，又少不了狂风暴雨、酷暑严寒的磨砺，它不敢松懈，也不能松懈……

手机响了，是常务副会长钱小云打来的。

敖小海笑笑，按了挂断键。看看时间，掏出一支烟，点燃，慢慢地吸了起来。

微风拂过，卷起吐出来的烟雾，在他眼前升腾、幻化，时而似舞动的龙，时而像自下而上逆流的溪。敖小海突然想到了蒙河，想到了水北，想到了新桥村那一张张本已模糊如今却日渐清晰的面孔。那些汤汤大水啊，是那么滋润，只要想起，人的眼眶就会潮湿；那些面孔啊，是那么淳朴，只要浮现眼前，人的心就会变得柔软……

一个正常的人，哪能不热爱家乡呢？

烟头有些烫了，敖小海四下找寻，看到门前的一个垃圾桶，过去，将烟蒂摁灭在石英砂中。他掏出手机一看,时间已经超了十一分钟,于是,大踏步进了楼。

才进会议室，质问的目光箭镞一般向他射来。

"敖会长，迟到十二分钟啊。"会长邹细保说。

"对不起大家，我认罚。"敫小海利索地掏出一万元现金，交给列席会议的商会办公室主任简侠亮，说，"简主任，一会儿散会后，记得把收据给我。"

质问的目光，纷纷收回。

这以后，商会再召开会议，没人迟到了。

2015年11月，兼任商会党委书记的周金林调任渝水区罗坊镇，民政局局长何华武也去了市人大任职，商会的重要力量被抽走。但是，变局之下，水北商会已能做到波澜不惊了。

这源于自我约束机制的形成：会费收支制度、会长值班制度、会议制度……

同时，商会的自我定位业已清晰：

水北镇党委、镇政府若是红花，水北商会便是绿叶，既要做好政府建设美丽乡村的助手，也要当好政府与企业之间的桥梁、纽带——全体企业家要听党话、感党恩、跟党走，为水北乡亲们做些实实在在的事，为民营企业家们营造一个互通有无、互帮互助的和谐家园。

准确的自我定位、严格的约束机制，乃团队立足之本。

朝着建成百年商会的目标，水北商会开始阔步前行。

第八章

经沧海

村庄依旧，还是那样低矮、凌乱、沉默。

但那些老屋、老墙、老街，又在角落里滋生着难以名状的陌生；那些熟悉的老面孔，笑容中难掩牵强，看着添了些生分；上年岁的人见到钱小云，仍会哑着嗓子喊他"块块"，只是不愿停下来多聊几句。

一切都未变，一切又都在变。

　　水北商会仍在筹备阶段时，钱小云专程回了趟老家钱圩村——去见小学校长刘炜华。

　　那时，钱小云早已听说伍塘村委熊坑村的事，认为熊水华四兄弟富而有情、富而有义，是水北人的楷模，是自己学习的榜样。钱嘛，来自社会、回馈社会，才是人间正道，他钱小云只是临时保管者。

　　不过，要将它们用在刀刃上。

　　水北的刀刃在哪儿？

　　当然是孩子。少年智则国智，少年强则国强……把钱花在孩子们身上，花在教育上，才是花在根节儿上。

　　教育，会影响人的一生，钱小云对此深有体会。

—————— 24. 淬砺 ——————

　　1971 年冬季，钱小云出生在水北钱圩村，只待到十二岁，就被父亲带离了村庄。他离开村子那年，水北公社改为水北乡。

　　十二岁，很多事情已经懂得，无数的记忆已经刻在了心壁上，很长一段日子里，水北乡村的点点滴滴，成为钱小云梦中的主要场景。

　　小时候，村里的乡亲们不管钱小云叫"小云"，也不叫"云云"，而是喊他"块块"——因他长得白白胖胖，身上的小鲜肉一块一块的，像暄腾腾的白面馒头，谁见了都想捏一捏，甚至想咬上一口。

　　"块块"，表达了人们对这个胖小子的喜爱。

　　那个年代，物资匮乏，钱小云能长成一个白胖小子，得益于他的父亲。1947 年出生的钱父，若也在钱圩面朝黄土背朝天，钱小云或许就被叫成"瘦瘦"了。少年时期的钱小云,尚未意识到父亲对自己人生的影响,后来,随着阅历不断累积,他渐渐理解了父亲当年的不易,对父亲的感恩和崇敬之情也愈加深厚。

前人栽树,后人方能乘凉。

钱父小的时候,家里十分困难,父母勉强支撑他念完小学,便再也无力供他,钱父只得辍学。在农村,孩子离开了校园,唯一的选择就是跟大人一起下地干活。但钱父是个有想法的人,热爱学习,喜欢读书,晓得知识是能够改变命运的,起码能让人的眼界开阔些。钱父十五岁那年,开始跟人学木工,劳动之余,有机会就捧着书本看,不懂的,偷偷跑去学校,问曾经的同学,问教过自己的老师。勤奋加天分,渐渐地,他竟然完全靠自学搞懂了高等数学、微积分、力学以及立体几何。最令人惊讶的是,钱父可以仅凭一支笔,便精密地算出高层建筑的结构数据。

在那个年代,这简直是奇迹。

只有钱父自己知道,这是无数个难眠之夜,无数次挑灯苦读,无数的汗水与艰辛积累之后,才收获的成果。再有天分,没有勤奋,终将一事无成。

钱父成为钱圩村出类拔萃的人才。

无论哪个年代,人才都是社会发展的基石。改革开放后,钱父的潜力被发现并挖掘出来。1978年,他成为水北的基建队队长,虽然也很累,但不必在土里刨食了。在父亲的努力下,钱家的日子越过越好,钱小云拥有了一个被村里小伙伴羡慕的童年。

而那时,整个钱圩村的乡亲们,仍在缩衣节食、勤勉劳作中,苦苦寻觅着通往幸福生活的道路。

1985年，钱家在新余城里有了新住处，钱小云告别家乡，随父母搬进了城市。从此，他告别鸡鸣狗吠，告别池塘水田，告别喊他"块块"的父老乡亲，成为有着农村户口的城里人。两年后，钱父凭借自己出色的能力，又被调到渝水区建设局，成为一名受人尊敬的工程师，负责建筑设计。

在钱父的忙碌中，又两年时间过去。

此时，钱小云小鲤鱼跃龙门，户口跟着大人转了，彻底变身城里人。钱父像一名执着的扳道工，用几十年的努力与坚守，改变了自己的人生，也改变了儿子的人生轨道。

然而，属于钱小云自己的征程，才刚刚开始。

在新余三中顺利读到高中毕业，钱小云参加了工作，进入江西省工业品公司渝水分公司，获得一个体面、轻松的岗位。他脑筋灵活、做事踏实，很快得到总经理的赏识，传授他很多为人处世的真经，令他受益匪浅。

总经理曾叮嘱他："在单位，要少说话，多看别人怎么干，多听别人怎么说。"

钱小云记住了。

他进步很快，全公司三百六十多人，钱小云二十四岁不到，就被提拔为部门经理。

然而，好景不长，工业品公司因经营理念落后、管理不善等多重因素影响，效益越来越差，濒临倒闭。在这个艰难时期，考虑到钱小云平时的表现，为给公司增加点收入，更为照顾他本人，公司领导将还算不错的摩托车销售业务交给了钱小云。

在那个年代，摩托车是抢手货。

钱小云敢想敢干，待人诚恳，经营一度很火，过了段较为滋润的日子。然而，福兮祸所伏。时光进入 1997 年，在摩托车行业连续两年遭遇"寒流"的大背景下，钱小云的摩托车经销公司也随之垮掉。

他第一次品尝到了下岗的滋味。

此时，钱小云已为人夫、为人父，生活的压力，令他迅速成熟起来。

困境之下，唯一出路就是不断地寻找突破口。水北人骨子里的不服输，在这关键时刻支撑住了他。冷静下来的钱小云，怀揣复杂情绪，回了趟钱圩村。

没啥目的，就是想回来看看。

村庄依旧，还是那样低矮、凌乱、沉默。

但那些老屋、老墙、老街，又在角落里滋生着难以名状的陌生；那些熟悉的老面孔，笑容中难掩牵强，看着添了些生分；上年岁的人见到钱小云，仍会哑着嗓子喊他"块块"，只是不愿停下来多聊几句。

一切都未变，一切又都在变。

最大的变化，是街头巷尾很少见到同龄人了。

一打听，要么出去经商，要么出去做工了。说这些时，老人们黝黑的脸上，表情很复杂，有喜悦，有担忧，有抱怨，更多的是落寞。

25. 扬帆者

从参加工作到而立之年，钱小云的生活轨迹可以用高起高落、跌宕起伏来形容。记忆最深的，仍是销售摩托车的那段日子。许是新手手气旺，1994 年腊月，他涉足摩托车销售行业没几天，就收获一个开门红。

不到一个月的时间，钱小云整整赚了十一万元！

那是在 20 世纪 90 年代中期啊，十一万元算巨款了。钱小云仅是个二十三岁的小伙儿，就被人生第一颗彩蛋砸中——过程当然不轻松，需要随机应变，需要能说会道，只有让顾客心满意足，顾客才能痛快地掏钱，但相较仍在土里刨食的发小，钱小云已是幸运儿中的幸运儿了。

至今，钱小云依然清晰记得那天的情形。

忙了一天，钱小云准备收工回家，他将辛苦赚来的十一万元装进一个布袋子，拎着就往家里走。没人会想到，这个年轻小伙儿会用这么简单的方式，携带这么多财富。年轻气盛的他，也没去想，这一做法存在风险——他就是兴奋，抑制不住地兴奋。单位离家很远，路上也有营运车辆，若在过去，为节省时间，钱小云会坐车，但今天，他可不想坐车回去。

沉甸甸的钱袋攥在手里，有种实实在在的获得感、满足感、幸福感，他想多体验一会儿……

每每回忆起那天的情形，钱小云总会神采奕奕——骄傲、自豪、亢奋，这是自己赚来的钱啊，自己能赚这么多钱？自信心爆棚的感觉，简直太美妙、太奇妙啦！

然而，生活是复杂多变的，不会总给一个人喂蜜水，那些突然而至的苦水，你也要硬着头皮咽下去。

1997 年，随着摩托车销售公司倒闭，钱小云迎来人生第一个低谷。他一度迷茫，不知该做点什么。那次从钱圩老家返回城里后，看着家中的妻儿老小，钱小云清楚，自己不能再继续低迷下去了，必须重新开辟一条道路。为了重整旗鼓，更为了维持生计，他多方打听，东拼西凑，开了家歌舞厅。当时，随着国家经济实力迅速提升，人们手里有了闲钱，城里人的娱乐方式悄然转变，唱歌的、跳舞的渐渐多起来。钱小云也算看准了商机。

开歌舞厅的日子，比卖摩托车忙多了、累多了。

为把生意做好、做大，钱小云每天迎来送往，跑前跑后，小心翼翼，谨言慎行，唯恐一个不留神惹客人不高兴。即便如此，由于缺乏这方面的经验，并且这种花花绿绿的生活，也并非钱小云真心想要，很快，他还是以失败告终，钱都亏掉了，且负债十几万。

至暗时刻，一位赏识他的老领导，给钱小云打开了一扇窗。

"你还年轻，交点学费很正常。"老领导关切地说，"现在房地产发展势头还可以……这样，我呢，可以给你牵牵线，做合作开发，你是水北人，也试着搞搞建筑吧。"

钱小云瞪大了眼。

"你父亲就是搞建筑设计的，有他帮你把关，技术上应该没问题。"老领导说。

钱小云的心怦怦直跳，嗓子眼儿有些发干。"干活没问题，只是……"他欲言又止。

"前期的资金，我来帮你解决。"老领导雪中送炭。

钱小云鼻子一酸，差点落下泪来。

接下来的几个月，他整个人泡在了工地上，风吹日晒，不论苦累，兢兢业业推进每一步，最终熬到了春暖花开，用汗水和心血赚到了六十多万元。有了第一桶金，局面逐渐打开。接下来的三年内，钱小云就像坐上直升飞机，以年均一百一十多万元的利润，跨进崭新的人生阶段，并在2004年开发了一个住宅小区，又赚了将近三百万元。到了下一年，随着经验不断积累，资金不断雄厚，他在房地产行业收获的利润更多了。

乌云散尽，晴空万里。有了资金，钱小云的商业行为有了底气，心中谋划的蓝图开始一项项变为现实。

他的事业进入迅猛发展的阶段。

跑项目、跑工地、跑营销……忙碌中，日子跑步到了2015年。此时的钱小云，本着"不把鸡蛋放在一个篮子里"的原则，开始涉足小区物业、电子科技领域，并在深圳成立了天诚电子科技公司，生产汽车盲区检测、胎压监测等电子产品，时至2022年，他已与二十多家汽车生产企业建立了合作关系。

钱小云富了。

像许多从水北走出去的民营企业家那样，生活的锤炼、鏖战商海的不易，令他逐渐领悟到了"富而有责、富而有义、富而有爱"的真正内涵。早在加入水北商会前，他就将关注点放在了水北的教育事业上。随着商会成立并融入其中后，在商会党委的引领下，在助力家乡教育事业这条大道上，钱小云和他的同行者们，奔走得更加明确、更加坚定。

26. 解困

大雨过后，土路变泥塘。

敦实的小男孩背着书包，艰难地跋涉在泥路上，鞋子沾满泥巴，沉甸甸如两块砖头，不跟脚了，只得拎在手中。光着脚板在泥泞中前行，黏稠的路面仍像贪吃的大嘴，要将他吸进泥水中，每挪一步都需费好大劲儿，有时还会被泥中的石子划伤脚，钻心疼。

晴天会好些。

小男孩喜欢上学，厌烦上学的路。学校离村子实在是远，倘若起床稍晚些，就要拼命跑。到了学校，汗水与路上的浮土尴尬糅合，小圆脸成了大花脸，不用同学们笑，自己都觉得狼狈。

哪天，上学的路能变得好走呢？

多年以后，已是水北商会常务副会长的钱小云，回想当年自己去钱圩小学上学时的情形，仍会感到莫名心酸，为自己，更为曾经的同学、现在的孩子们。

当年的"块块"，已经长成了大块头，还是个实力雄厚的大块头。

他知道，那个"哪天"，该变为"现在"了。

钱小云具备一定经济实力后，父亲的话时不时会在他耳边响起："小云啊，有钱的时候，一定要学会做善事，一定要学会分享。"钱父的话，不是无来由的，是让钱小云记住乡亲们的恩情、记住村庄的恩情。

民国时期，钱家祖辈就在水北开酒店——祥顺号。相较其他村民，钱家在钱圩村的日子算好过的。有了钱，钱家人就在村里修桥铺路，方便乡邻。村里有挖井洗井、建房垒墙的，请师傅吃饭，都愿意来祥顺号。钱家人热情，经营实在，又乐善好施，三乡五里的口碑非常不错。

"我们钱家人，是欠村里人情的，要懂得报恩。"钱父不止一次叮嘱钱小云。

那年汶川大地震后，第三天中午，钱小云正陪父亲吃饭，钱父突然放下碗筷，目光直直地看着儿子，一脸凝重。

"怎么了，爸？"钱小云纳闷。

"你想过没有？"钱父问。

"啥？"钱小云不解。

"这几年你多少赚了点钱，现在国家有难，不要揣着口袋装作与己无关。"

"明白，爸！"

"国家国家，有国才有家。"

"一会儿我就去办！"钱小云郑重道。

钱父满意地笑了笑，重新拿起碗筷。那一刻，钱小云从父亲身上看到了光芒，是那种散发着热量、令他愈加敬佩的光芒。

下午两点多，钱小云就来到了新余市红十字会，当场为地震灾区捐款，成为新余市首位捐款十万元的爱心人士。

2008年5月14日，成为钱小云最崇拜父亲的一天。

2012年的一天，与校长刘炜华并肩站在钱圩小学的校园内，钱小云的心情很复杂，既有亲切感又有陌生感，更多的是酸楚与惊诧。来之前，他想到了学校的破败，但没想到会如此严重。小时候，他还在村里时，虽然上学的路难走，但记忆中的校园还是可以的，蛮大也蛮阔气的。如今，眼前的学校显得小了太多，像足球场缩成了篮球场，不仅如此，教室也已经墙皮剥落，墙体开裂，门窗变形，远看像一艘艘即将被岁月巨浪击垮拍碎的旧木船。

"还有多少学生？"钱小云问。

"三四十个吧。"刘炜华答。

"小时候，仅我们一个村，小学生就有百十来号。"钱小云叹道。

"城市化进程加快，进城务工、买房的越来越多，村里快变成留守老人的专属地了。"刘炜华解释说。

校长说的情况，走南闯北的钱小云当然清楚。

"哪怕只有一个学生，学校也应该存在！"钱小云缓缓说道。

"是啊，若钱圩小学被撤掉，附近十几个村的孩子，就没地方上学了。"刘炜华嗓音有些沙哑。

"但凡还在村里上学的孩子，都是家长没能力带出去的，"钱小云环顾了一下灰扑扑的校园，接着说，"办法，由我们来想吧。"

钱圩小学破败也就罢了，离几个自然村还非常远，道路坑洼不平，交通状况复杂，学生们上学累不说，家长们还担心发生危险——这仍不是最大的困难，最大的困难在于没水。教职员工、学生们用水，都需要用车去村里拉。上完体育课，孩子们脸上淌的汗、手上沾的土，只能让其自然和泥，脏兮兮裹在身上，想洗一洗都是奢望。

"咱这一片都属于缺水的，更别提学校了。"刘炜华无奈地笑了笑。

"那也别修修补补了，干脆把整座学校搬走，搬到钱圩边上，就有自来水了。"钱小云说。

刘校长一惊。一所学校，不是一块石头一片瓦，说说容易，真要搬迁，需要多少钱啊！

校长那溢满顾虑的目光，像钢针扎在了钱小云的心上。"事我来办。"他果断说道。

刘炜华双手合十，如释重负地长出了一口气。

第九章

为学子

典礼现场，钱小云接受了孩子们的致敬，戴上了红艳艳的红领巾。

阳光下，火苗般的红领巾在胸前随风舞动，与他澎湃的心潮合了拍，拍打出层层回忆的浪花，钱小云恍然回到了三十多年前，回到他还是"块块"的时候……那时的他，现在的他，都认为红领巾的分量很重。戴上红领巾的人，很幸福，很骄傲。

这是一种心满意足。

小时候为条件所限，水北商会的民营企业家们大多文化程度不高，像习润根、敖小海、敖志良这样有高中或大学专科学历的，已算很突出。

越是缺什么，水北人就越重视什么。

何况是祖祖辈辈都敬重的学问。

事业有成后，水北的民营企业家们非常乐意捐资助学、奖励师生，认为这些钱花得最值——常务副会长钱小云只是他们的代表之一。

27. 最美事业

建一所学校是件大事。

不惑之年的钱小云，不再是当年销售摩托车的毛头小伙儿了，做事已经有条不紊。事情答应下来，必须办的决心也有，但他没急着招呼人马开工，而是先到渝水区找了区委书记邹永清，想听听区领导的意见。

"新建钱圩小学？好事啊，区里全力支持！"邹永清表示欢迎，随即又坦诚地说，"不过，目前区里没这个规划，没立项就没预算，需要等。"

"资金我们能解决，就是不知具体该怎么建。"钱小云也直来直去。

"有新的选址了？"邹永清关切地问。

"镇里和村里想建在钱圩村附近，只是不晓得合不合适。"钱小云笑着把详细位置说了出来。

"走，咱们实地看看去。"邹永清站起身说。

都是说干就干的人。

在钱小云的带领下，几人驱车很快来到现场。站在拟选的新校址上，大家表情庄重，眼里闪烁着希望的光，仿佛一所新建的钱圩小学已经矗

孩子们在新校园欢乐游戏（陈智　摄）

立在面前，孩子们正带着灿烂笑容，叽叽喳喳地奔跑在操场上，甚至能听到琅琅的读书声。

"老学校建在离村那么远的山上，用水困难不说，孩子们饿了，想买个面包都没地方买。"钱小云说。

"这里建学校，水的问题确实解决了，但是……"邹永清指了指周围，"从配套上看，仍略显偏了些。"

"是，但钱圩周围只有这块地皮最合适了。"钱小云解释说。

"这样，建校的各种审批手续，镇里、区里来解决，不过，"邹永清郑重地看着钱小云，"钱总，你还要答应一件事……"

"您讲。"钱小云道。

"现在各村生源少，住得也分散，"邹永清扭头望了望四周，像是在苍茫中寻觅着答案，"远一点的村子，需要解决学生们的接送问题。"

"没问题，我负责买校车。"话一出口，钱小云觉得自己似乎站到了山巅上，阳光正好，微风不燥，豪迈之情油然而生，他瞬间意识到了过去所有打拼的真正意义。

"我代表孩子们，谢谢你。"邹永清紧紧握住了钱小云的手。

将新校址选在钱圩村附近，钱小云经过了慎重考虑，这个新校址不仅圆了他资助家乡教育的夙愿，也能同时辐射周边许多村庄。如今，村里的学龄儿童大多由爷爷奶奶看管，老人们年老体衰，既要顾生活又要顾孩子，已然筋疲力尽，若每天再跑很远的路接送孩子上下学，风吹日晒，早出晚归，想想都令人心疼。

远点的村庄，用校车接送孩子上下学最安全、便捷。

一切为了孩子，不能停留在口头上。

听说钱小云准备新建钱圩小学，钱圩人很高兴，很振奋，很受鼓舞，从村里走出去的民营企业家钱伟、钱细平及乡贤钱荣、村支书钱新宇等人主动上前，给予大力支持。

很快，总投资四百多万元的钱圩小学新校园破土动工。

水北人倔强彪悍，水北人也有情有义，你以真诚待我，我定还你滚烫之心。得知消息后，村民们陆续赶到工地。会泥工、木工、水电工的乡亲们，都是自带工具，还有电工把自家店里的电线、电缆装车拉到了工地上，像当年老百姓全力支援红军一样。

"学校是为大家建的，我们以工代捐！"能工巧匠们这么说。

既要节省开支，又要确保质量，是新建学校的原则。钱小云从自家公司选了建筑队，图纸设计全部自己人操刀，建筑材料则用捐助的资金购买。村支书钱新宇年轻有为，负责协调分工，将木工、钢筋工、泥工、水电工分成几个小组，交由各组长指挥……但凡有建筑技能的村民，纷纷来工地帮忙。

一时欢欣踊跃，争先恐后。

一块沉睡的土地被彻底唤醒，变成如火如荼的施工现场。

建筑面积近五千平方米的钱圩小学，像一张正在对焦中的风景照片，由远及近，由模糊到清晰，渐渐呈现在人们的视野中。

望着眼前的一切，钱小云仿佛又看见了当年的自己——"块块"站在满是泥泞的上学路上，手里拎着鞋子，扭过胖乎乎的脸，朝现在的自己笑，笑得很开心、很舒坦。

28. 红领巾

当选水北商会常务副会长后，钱小云肩上增了压力，是那种令人筋强骨壮的压力，也是让人真正成长起来的压力。钱圩小学的建设进入关键时期，为确保工程质量，他每隔两天便要去一趟施工现场。

一砖一瓦、一管一线，事关孩子们的安全，马虎不得。

这天，在商会开完工作会，钱小云起身正打算回钱圩工地上看看，却被周金林叫住了。

"钱会长，听说……今年你们公司的业绩不错啊？"周金林示意钱小云坐下。

自从钱小云捐建钱圩小学以来，钦佩之余，周金林产生一个新的想法，但始终没机会跟他讲，或者说，有些难以开口。

"还凑合。"钱小云嘿嘿一笑。

"刚才，听熊会长介绍，钱圩小学新校园快建成了？"周金林递给钱小云一支烟。

"最迟明年交工。"钱小云欠身帮周金林点着了火。

"孩子是水北的未来啊。"周金林说。

"奖优助学助教，是咱们商会成立后的主要工作之一嘛。"钱小云郑重道。

他的神情，给了周金林信心。

"其实吧，镇里，也想建一所……"周金林看着钱小云的眼睛，话到一半，又打住了。

"水北中学不是还挺好的？"钱小云不解。

周金林笑了笑，深吸了一口烟："水北中学少个做实验的地方，镇里早想给学生们建座科技楼，怎奈资金始终有缺口。"和盘托出后，烟雾才从他的嘴里缓缓飘出。

"建这么座科技楼，需要多少钱？"钱小云问。

周金林想了想，将烟头摁灭在烟灰缸里。"大概二百四十万。"他说。

"看来，周书记您早有计划了。"钱小云突然笑了，眼睛眯着，像个顽皮、聪颖的少年。

周金林哈哈大笑起来。

钱小云也灭了烟头，手掌轻轻抹了一下桌面，像在擦拭自己的心。"为孩子花点钱，不算什么！"他干脆利索地说。

这种爽快，远超周金林的预想。

忙碌中、期盼中，日子以肉眼可见的速度，奔跑到了2014年的上半年。

水北中学学生在科技楼做化学实验（陈智　摄）

钱圩小学和位于水北镇颖江大道旁的水北中学小云科技大楼，先后竣工。

连续两次，钱小云参加了落成典礼，代表他自己，更代表水北商会。

典礼现场，钱小云接受了孩子们的致敬，戴上了红艳艳的红领巾。

阳光下，火苗般的红领巾在胸前随风舞动，与他澎湃的心潮合了拍，拍打出层层回忆的浪花，钱小云恍然回到了三十多年前，回到他还是"块块"的时候……那时的他，现在的他，都认为红领巾的分量很重。戴上红领巾的人，很幸福，很骄傲。

这是一种心满意足。

这感觉，对于半辈子搞房地产业的钱小云而言，格外难得——只要还有一口气在，小云科技大楼啥时候需要修缮，他就啥时候提供资金，哪怕砸锅卖铁，也要把它维护好——那上面可写着他的名字呢。

在主席台上，望着那么多同学们，钱小云笑了。

最令他开心的是，钱圩小学的校车问题，也得到圆满解决。

回想自己当年的上学路，钱小云眼前浮现出一幅生动画面，像是正在播放的高清影片：

清晨，太阳黄澄澄的，慵懒地嵌在地平线上，将水北大地铺陈成了童话世界。

"该起床啦，太阳晒屁股喽！"六点二十分，老人将仍在熟睡的孙儿唤醒。

孩子迷迷糊糊坐起来，望一眼窗外灿烂的光，打个哈欠，一个扭身，又扑倒在了床上。软绵绵的被褥，恰似父母的怀抱，他还想再赖一会儿。

"要不是有校车，得天天迟到。"老人嘴里怨着，脸上却是宠溺。又拍了一下孙子的屁股，老人转身，蹒跚出来，进了厨房。

孩子其实没睡着。听到奶奶将碗筷摆到饭桌上，闻到饭菜的香气，小家伙一个骨碌爬起来，下了床，三下两下洗了脸，猴儿一般冲到饭桌前。

"奶奶，不急嘛，莫催。"

"不急也不能错过校车哦！"

"校车七点十分到咱们村口，我吃饭用十五分钟，咱俩走到站点十五分钟，余下近十分钟哪！"孩子埋头扒了一大口炒米粉。

"慢点吃，别噎住。"老人嗔怪道。

"细伢子，书没念几本，时间算得倒清。"老人又说，也坐下来，捧起一碗粥，喝了几口，看着孙子微笑，脸上深深的皱纹漾成朵朵慈爱的花。

七点过五分，村头马路上，一辆橙色的新校车从远处渐渐驶来，到了近前，刹车声轻轻响起，偌大的车子稳稳当当停住了。车门打开后，随车的老师步履轻盈地下来。

老人忙将书包给孙子背好。

"叫老师好。"老人催促道。

"老师好！"孙子很机灵，还不忘给老师鞠一躬，而后小鹿般跳上车。

"辛苦你啦，老师。"老人笑着说。

"交给我了，您回吧。"老师说着，清点一下，发现还少一个学生，"师傅，麻烦再催一下。"

嘀——清脆的喇叭声回荡在村外的晨曦中，似有形的水，在人们眼前冲开一条清晰的巷道。视线尽头，一个小男孩在爷爷的催促下，朝校车奔跑而来，大大的书包像躲在身后的小马驹，一会儿左、一会儿右，调皮地探着头，似乎在帮小主人观察路况……

孩子们上学途中的安全问题，乡亲们再也不用担心了。

在助力水北教育事业的发展上，钱小云带了个很好的头。

水北商会抓住钱圩小学和小云科技大楼落成的契机，将会员们的心愿集中起来，聚沙成塔，有规划、成系统地办大事，把奖优助学活动推向了一个又一个新高潮。

29. 关键支持

2021年寒假前的一天，水北中学刘思敏老师像往常一样，准备去四楼上课。他的办公室在二楼，与教室仅有两层楼的距离，但今天，他遇到了大麻烦——老毛病腰椎间盘突出发作了。挪动一下，像有无数根钢针在神经里你追我赶，疼得他额头冒汗。

二楼到四楼，对于1971年出生的他来说，本是件轻而易举的事，此刻却难如登天。

"刘老师，您的腰疼病是不是又犯了？"有男生从刘思敏身边经过，见他皱眉捂腰，小心翼翼地问，"用不用扶您上楼？"

"不用，你们赶紧上去吧，别迟到了。"刘思敏笑了笑，挥手让孩子们先走了。

一个大男人，一个曾经在篮球场上叱咤风云的男教师，让学生扶着爬楼梯像什么样子？刘思敏咬了咬牙，身体朝上挺了挺，一阵剧痛立即袭来，迫使他不得不又弯下了腰。无论如何，学生们的课总是要上的，这楼梯也总是要爬的。从新余学院毕业，到水北中学任教以来，近三十年过去，刘思敏还从未因自身原因耽误过学生们的课。他喜欢教学，喜欢站在三尺讲台上；他的专长原是历史，学校里缺语文老师，他就主动把语文教学也接了下来。刘思敏思维敏捷，知识储备丰厚，授课风格轻松幽默，很受学生们欢迎。学校也没浪费他的能力，一直让他担任班主任。

阳光透过窗户照进来，斜斜地泼在楼道上，像给地面刷了层淡淡的光漆。刘思敏吃力地仰头望一眼，朝台阶迈出了腿，那条腿里的神经似乎立即开始收缩，疼得他肌肉都在痉挛，没办法，只好将身子朝下俯，一只手撑着台阶，一只手拽着旁边的栏杆，最大限度地减轻腰腿负重，就这么一点点朝上挪，仿佛在爬行。从远处望去，更像一段摇晃的、坚韧的老藤。

终于，刘思敏出现在教室中。

学生们齐刷刷站起来，有男生想过去搀扶老师，被刘思敏用手势制止了。

"抱歉，同学们，我迟到了。"他抹了抹额头渗出的汗，"开始上课……"

这节课，刘思敏是扶着讲桌上完的，哪怕腰再疼，他也没选择坐下给孩子们上课——这是他作为一名教师的坚守。

然而，疾病并未因他的坚守而退去。

2022 年新学期到来，严重的腰椎病令刘思敏不得不做出痛苦的抉择。他找到了校长罗时辉。

"刘老师，您的腰怎么样了？"罗校长先开了口，满怀关切。

刘思敏竟然红了脸。

"罗校长，我，我正想跟您汇报这个事……"刘思敏用力捶了一下腰眼，气愤地说，"这个破腰，总是碍事，实在耽误工作，我想……"他的视线扫了一下旁边，那里有一棵碗口粗的香樟树，新老叶子正在交替，那些新生的叶子，在阳光下闪烁出淡淡的红，像是叶子也会害羞。"我想，今年先不当班主任了，以免耽误孩子们……"

一股酸涩在罗时辉的心中蹿过，他急忙笑了笑。"刘老师，您早就该好好休养一下了。"他安慰道。

"不是的，课我还能上，就是暂时不能兼班主任了。"刘思敏解释说。

罗时辉一下红了眼眶。

在水北中学，甚至在水北的所有学校，像刘思敏这样爱岗敬业、一心扑在教育事业上的老师还有很多，五十出头的卢志江老师就是这样。卢老师先是教小学，后来又教初中，他有亲和力，班级工作做得好，常年担任班主任，所带班级无论学习成绩，还是纪律、基本素养都很不错，是公认的好老师。

教育，是一项书写奉献与付出的事业。

因长期站立，经常伏案批改作业，老师们的腰背部肌肉长期处于紧张状态，极易诱发腰椎间盘突出。

与刘思敏老师一样，卢志江老师也患有腰椎病。病情严重时，走路走不稳，在讲台上摇摇晃晃、痛苦难耐，但即便是扶着讲桌，他也从没耽误过学生们的课程。这些敬爱的老师们，之所以忘我地投入到教育事业中，既因自身的理想追求，也与水北的教育环境紧密相关。

过去，地少人多、旱涝频仍的水北太穷了，这种困顿，令水北人把一个信念刻到了基因里：要想改变子孙的生存状态，必须靠教育；头脑改变了，才能改变生活。不仅镇党委、镇政府对教育高度关注，水北商会也投入很多人力物力，全力助推水北的教育事业冲向新高度。

这是本土商会的特有优势——熟悉情况，可以精准扶助。

自商会成立以来，为集中力量办大事，促进水北教育事业发展，商会在采纳多方意见的基础上，出台了水北商会《奖优助学实施方案》：每年开学典礼或教师节前后，商会与学校共同召开大会，对优秀学生、优秀教师、优秀班主任、优秀班级以及进步学校，给予现金奖励，奖金一千元至五千元不等；同时，只要是水北籍的学子考上清华大学、北京大学，无论家庭条件如何，水北商会一律每人奖励一万元；而对贫困大学生的资助，民营企业家们更是慷慨大方……

十余年来，水北商会一直如此。

如今，奖优助学活动已成为商会重点事业，所有会员都对这一事业给予了极大关注，各尽所能地推动这项事业不断发展。不仅有公开的捐资助学活动，每两年，商会还会为水北全体中小学生更换冬夏校服，仅2022年全镇中小学生冬季校服一项，就花费十三万余元。

民营企业家们做事讲求实效，为避免定做校服之事出现不和谐声音，每次商会只要求各学校统计学生的尺码、人数，数据传给商会后，这项工作学校就可以不管了。商会派专人跟厂家联系，待校服生产出来后，直接运到学校，由校方负责分发。正是因为企业家们的严谨周密、合理安排，才把好事做到了阳光下，这样才可以长久地做下去。

乡亲们的眼睛是雪亮的。

水北人，包括所有学校的师生们，对水北商会的民营企业家，除去赞不绝口外，就是用实际行动来回应这种大爱了。

2023年新学期开始前，几乎年年都是优秀班主任的刘思敏老师，再次找到了罗时辉校长。

"罗校长，今年，我还当班主任带班吧。"

"身体许可了？"

"养了一年，基本没问题啦！"刘思敏故意扭了扭胯，敲着腰眼说，"困难像弹簧嘛，不能太在乎它！不然，也对不住商会企业家们的关爱与付出啊！"

罗时辉笑了，心想:看来，今年全区优秀教师，刘老师志在必得啊!

第十章

红土地

"还是那句话，我们哪儿也不去，就扎根水北了。"丈夫说。

"一方水土养一方人，水北离不开我们，我们也离不开水北！"妻子说。

话是这么说，事也这么做，像一棵枝繁叶茂的香樟树，企业的根在脚下这片红土地中越扎越深、越扎越牢。

水北的山、水北的水、水北的田，也倾情滋养着他们，赋予了他们敢于尝试、勇于创新的思维。

　　进入新时代，各级正在大力疏通乡村的血脉、强壮乡村的筋骨。

　　水北镇同样如此。

　　为助力镇党委、镇政府建设新水北，建设充满活力的美丽新乡村，在商会党委的引领下，水北商会提出"举党旗、抱团干、带民富"的发展宗旨。民营企业家们像一棵棵香樟树，牢牢扎根在红土地上，紧扣水北镇中心工作，怀揣一颗报效桑梓的赤子心，制定了社会事业实施规划，将会员们募捐的资金集约、合理使用，在完善村庄公共基础设施，让乡村"一老一小"共享社会发展成果上，做出了一系列大胆创新、卓有实效的尝试。

30. 何以感恩

　　2018年夏天，一款新型冰淇淋突然刷爆微博、微信朋友圈，成为当仁不让的超级"网红"。它还先后荣获中国焙烤食品糖制品工业协会冷冻饮品专业委员会"优秀创新产品奖"和日本国际食品展的唯一金奖。

　　它，实在是太特殊。

　　其他冰淇淋所具备的特点，这款"网红"冰淇淋都有——凉冰冰、甜滋滋，吃上一口，清爽、满足，幸福感爆棚。不过，享用完这款冰淇淋，不擦嘴不拭手的话，食用者会显得很特殊：嘴巴、牙齿、舌头、手指，皆是黑的，黑得大大咧咧，黑得肆无忌惮，年轻人喜欢得不得了。

　　这就是椰子灰冰淇淋。

　　与其泾渭分明、截然相反的，还有一款水北豆腐冰淇淋，冻时冰淇淋，化时豆腐酪，这款冰淇淋荣获中国冰淇淋多项创新大奖。这一黑一白，一圆一方，奏响了夏日冰爽主旋律。

生产这些盛夏精灵的厂家——江西天凯乐食品有限公司，是一家扎根在水北的本土企业。"本土"，不是说天凯乐土，这家企业不仅不土，还紧扣时代脉搏，极富创新精神，敢于大胆尝试，才有了"网红"产品的诞生；"本土"，是指天凯乐从起步到做大做强，从没离开过水北。

当然不是没机会。

天凯乐的名气很大，外市的、外省的，很多地方排着队请公司入驻，开出的条件也极为优渥，可他们硬是不为所动，像绵亘的蒙山，似如练的蒙河，稳稳当当，不急不缓，认准了脚下这片红土地。

这是水北人的真性情！

公司董事长胡方芽，夫人张苏兰，一个扎根发芽，一个苏醒兰花，在蒙河之畔，书写着振兴乡村、逐梦冰爽的动人故事。

1969 年，胡方芽出生于水北胡家村。高中毕业后，胡方芽没像同龄人那样，背井离乡外出打工，而是放下学生的羞涩，到镇上批发了一箱冰棍，开始走村串户叫卖。

天气炎热，冰棒凉爽。

冷热交融中，胡方芽一根接一根、一箱接一箱，三分钱的盐水冰棍，分分毛毛的小本生意，被他做得风生水起。渐渐地，胡方芽对冰棍的生产工艺了然于心，手头也有了些积蓄，又大胆地跨进一步，尝试起了冰棍生产。

购进设备，潜心钻研，反复试验，他成功了。

在这个过程中，胡方芽不断提醒自己生产的是食品，要对消费者的健康负责，要对水北人的信誉负责。他秉持初心，严格把控产品质量，

视质量为生命，以高质量为追求（刘小敏　摄）

实实在在经营，从不在原材料上动歪脑筋。同时，胡方芽的创新意识也很强，他晓得墨守成规会制约企业发展，时不时便会推出一款新产品。每次研制新品时，他都要亲自品尝，觉得满意了，才予以生产。

正确的经营理念，使胡方芽生产的冰棍非常畅销，时间一久，周围的厂家都被他比了下去。

"精工水北，信义天下"，水北人的工匠精神、诚信精神，在胡方芽身上得到完美体现。当同类企业一个个消失在岁月长河的激流中时，胡方芽和他的公司，不仅生存下来、壮大起来，且最终发展成全国著名品牌。

考验，也接踵而至。

房地产市场火爆时，有朋友劝说胡方芽夫妻将部分资金投进去，并说十拿九稳赚大钱。

"我一个做食品的，去房地产业凑什么热闹啊？"胡方芽笑着回绝了对方。

在他看来，专心致志做好自家产品就行了，那些来钱快的行业，不是他的盘中菜。一锄头挖不出一口井，一口也吃不出一个胖子，要想把企业做大做强，就要一个台阶一个台阶地走，急不得、更慌不得、躁不得，这是民营企业家生存发展的基本素养。

随着产品畅销省内外，公司实力越来越强，直接、间接带动就业达五千多人。只要岗位许可，胡方芽尽量招收水北本地的乡亲们，对身体有残疾的，更是优先照顾。时至今日，公司已有二十八位残疾人，公司根据他们的身体状况，安排了不同岗位，实现了他们身残志不残的人生追求，更解决了很多家庭的后顾之忧。

但凡有选择，谁愿远走他乡呢——在家门口就可以赚到钱，还不耽误照顾老人孩子，人们对天凯乐这样的本土企业，心怀感激之情。

公司不仅促进了当地农民就业，生产用的原材料也从本地采购，为当地农副产品的销售，提供了长期稳定的渠道。公司年均消化的本地农产品包括：豆腐六百吨、糯米一百吨、绿豆三百吨、新余蜜橘三十万吨……企业不仅使农民的钱包鼓了，也减轻了政府的扶贫压力。

这是本土企业的优势，更是本土企业的情怀。

产品像长出了一双双冰爽的小翅膀，源源不断地向四面八方飞去，换回来的，是公司的知名度越来越高。那些有着强烈招商意愿的外省市领导，再次向公司抛来橄榄枝，并承诺：

"只要肯来我们这里建厂，用地、水电、税收等等，均给予最大优惠！"前来招商的人，言辞恳切，信誓旦旦。

胡方芽、张苏兰知道，对方绝非画大饼，只要他们夫妻俩把厂子建过去，人家答应的条件肯定落实。然而，任你给出再大的优惠，夫妻俩依旧岿然不动：

"还是那句话，我们哪儿也不去，就扎根水北了。"丈夫说。

"一方水土养一方人，水北离不开我们，我们也离不开水北！"妻子说。

话是这么说，事也这么做，像一棵枝繁叶茂的香樟树，企业的根在脚下这片红土地中越扎越深、越扎越牢。

水北的山、水北的水、水北的田，也倾情滋养着他们，赋予了他们敢于尝试、勇于创新的思维。

新的产品，像破壳的小鸡崽，叽叽喳喳朝外蹦。

椰子灰冰淇淋，是由炭烤脆筒、鲜椰奶和椰壳灰炭黑结合的创新力作，是冰球、奶球、椰子球和精灵球的绝妙融合；水北豆腐冰淇淋，更是将渝钤乡愁——水北豆腐"精华在嫩，嫩而不碎"的品质，与冰淇淋实现了完美联姻；还有辣椒做的口感独特的"冰火两重天"冰淇淋……在这里，创新尝试与敢作敢当、浪漫唯美与柔情似水，成为一种企业文化，浸润着企业发展的方方面面。

他们感恩水北的养育，也在尽己所能反哺这块土地。

没人要求他们这么做，水北这块土地更不会向民营企业家们提任何要求——大地，哪会向树木提要求？

反哺，是树木自己的需要。它们汲取土壤中的水分、养料，长高长大后，会在自然规律的驱使下，将果实、种子、落叶，交还给大地，使自己扎根的土壤更加肥沃。

这，其实是种本能，质朴的本能。

胡方芽与张苏兰夫妇，将这种本能化成了行动。多年来，公司为水北的各项建设倾心尽力、慷慨解囊，像孩子回报父母那样，不需什么前提条件，而是在最朴素的情感支配下，对"先富带后富"给出了最佳诠释。

作为水北商会的理事单位，公司陆续捐资三百多万元，用于乡村振兴等社会公益事业。每逢节日，公司会专门出资慰问水北的敬老院、颐养之家，持续资助水北籍困难大学生……胡方芽和张苏兰清楚，他们能为水北做的事情还有很多很多，他们将继续做下去，心甘情愿地做下去。

31. 带民富

脱贫攻坚阶段，习润根特意回了趟村子。

他是带着商会任务回的。

现在的慕江村，早已今非昔比。道路硬化、宽敞了，路灯竖起来、亮起来了，村民们最为关切的村文化活动中心，业已重建完毕。三层的门楼雕梁画栋、大气漂亮，门前两尊石狮威风凛凛，门柱上一副金字对联熠熠生辉，读之令人心旷神怡：

白梅花妍鸣彩凤，黄塘水碧跃金鱼。

彩凤，绚丽；金鱼，灵动！

如今的乡村，舒适宜居，空气清新，视野开阔，环境静谧。为了眼前的一切，习润根和水北商会投入了很多，但此刻的他，丝毫没有满足感、轻松感。

村庄变得漂亮了，村民的口袋还干瘪着呢！

　　一直以来，作为村里出去的能人，习润根总想为乡亲们找一条长久的致富门路，但苦于村子周围自然资源匮乏，除去传统农作物，实在没有其他可扶持的农业产业项目；留乡村民又普遍年龄大、文化水平低、观念传统，想找个收入稳定的事做，很难。

　　不久前的一个下午，习润根正在公司办公室里翻阅资料，琢磨着为家乡父老谋个赚钱的出路。有位业务上的朋友突然来访——为给他惊喜，朋友没提前联系，直接悄悄进了他的办公室——见习润根一脸愁容，与过去大相径庭，觉得有意思，便笑问："你这是思考啥大事呢？"

　　习润根一愣，搞清状况后，也笑了。

　　"你还别说，的确是大事。"接着，习润根把自己的烦恼细细地跟朋友说了。

　　谁料，听过之后，这位朋友陷入了沉思，良久，才缓声道："办法，我也没想出来……"

　　"那你发啥呆？"

　　"我发呆，是因为没想到你习润根会想这些事情，而我们……"朋友的脸微微一红，"而我们没事的时候，光知道打麻将、打高尔夫球……以为自己事业有成了，就该这么过日子，显得有身份、有面子……现在才发现，人与人的追求是有差别的，而且是天壤之别！"

　　"说来听听。"习润根笑道。

　　"我们这些人，为啥不晓得找点公益之事来做做呢……"朋友说罢，轻轻叹了口气。

　　朋友的话，令习润根领悟了一些东西。

　　此刻，心头压着沉甸甸的问号，习润根缓步来到了村南。

慕江村新貌（李卫阳　摄）

正是油菜花恣肆灿烂的时节，大片的金黄在田野里漫开，像碎金泼洒出的黄金海。有风拂过，金灿灿的海面受到怂恿，开始波浪起伏。那些勤劳的蜜蜂、妖媚的蝴蝶，这里嗅一嗅，那里探一探，忙碌而欢乐——倏地，又仿佛听到统一号令一般，全部遁入金色之中，不见了踪影。

"真美。"习润根喃喃道。

顺着油菜田间的水泥路，他朝自己承包的那座小山包走去。

这座小山包，正是习润根小时候经常来的地方。这里的每面土坡，每道土坎，甚至每丛灌木、每棵香樟树，都留有他的记忆——童年的记忆，少年的记忆，永恒的记忆。

还是在 2000 年初，村里林权制度改革，有人要把小山包上的大树砍倒卖掉。习润根听说后，急忙赶回来参与竞拍，将小山包承包了下来。那些香樟树、苦槠树、松树等等，只要是树，一概不卖，全部保留。在他心里，留住的不只是树，也留住了生命、记忆与希望。村里有老人遛弯时，会慢悠悠出村，慢悠悠来到山坡下，慢悠悠爬到山包顶，在呼吸清新空气之余，情不自禁夸赞习润根做了件大好事。习润根每次回老家，有空也会来山包转一转，摸摸这棵香樟，拍拍那株苦槠，像在轻拍童年小伙伴的肩膀。

这已成为他的习惯。

以前来这里，是特意前来，轻松前来，想看看山包上的树木长势如何，有没有遭人破坏。今天来，全凭某种本能驱使，心是沉的，腿也是沉的，步履慢得像在挪动。

"多好的一处地方啊，有个美丽的名字才好。"习润根说。

脑海迷雾一团，无任何词汇闪烁，习润根索性不再理会这个突然的念头，任由双腿带领，进了茂密的林子。眼前，一棵棵香樟、苦槠拦住去路，它们好像又高大粗壮了些，像水北敦实的汉子伫立在坡地上，令你不得不重视它们。作为土生土长的水北人，不仅是樟树，这些苦槠树习润根同样十分熟悉。小时候，老宅院外就有几棵，人们都说它浑身是宝，四季常绿，喜温暖、湿润环境，且耐阴、耐干旱、耐贫瘠，是种不择地而生的坚强树种。

"喜温暖、湿润……"习润根反复咀嚼着这几个词语。倏地，脑海中一道电光划过。

他想到了另一种植物，心头盘桓的那个问号，瞬间变成了叹号。

没错，铁皮石斛，就是它！

作为"九大仙草"之首，这几年，石斛的发展势头迅猛。不久前，习润根在广西的项目工地上，听人说起过石斛种植。他喝过石斛茶，但从未往这方面多想，只知道这种名贵中药材可以养胃生津、滋阴清热，还有明目效果，也知道石斛对于环境的适应性较强，喜欢温暖、湿润、空气畅通的生长环境。

对了，正是这个生长习性，照亮了习润根的脑海。

据说，长江以南大部分地区适合石斛种植，慕江村是不是也可以呢？

一个问号刚刚消弭，又一个问号霍然出现。习润根急忙掏出手机，打算搜索一下相关知识，大概是树木遮挡，坡地上信号不好，他急忙三步并作两步，奔上小山顶，顾不得呼吸急促、心跳加快，拿着手机左晃右寻，终于搜索到了要找的内容：

石斛属于附生植物，其根系附着在其他树的枝干上生长，以雨露、空气中的水汽及有限的腐殖质为生。与寄生植物不同的是，石斛并不会掠夺所附着植物的营养与水分。如今，石斛已成为我国的大宗药材。与

三七、人参、当归等补气、补血的药材相比，石斛产业呈现出发展时间短、兴起势头猛、前期投入大等特点……

  视线离开手机屏幕，习润根的目光投向身旁一棵高大的苦槠树。

  不久后，附近的几个自然村中，那些留乡的中老年劳动力多了事情可做。大家携带各式工具，还有新鲜与兴奋，三三两两奔向这座小山包，开始了一项他们从未接触过的新产业——铁皮石斛种植。

  水北镇慕江村铁皮石斛种植扶贫产业项目，正式拉开序幕。

  为了这项带民致富的新产业，习润根前前后后投入了近三百万元，打造了两百亩铁皮石斛种植基地，带动三十余名贫困村民在基地务工增收，还可以从中分红；待到石斛采收时，年收益将近三十万元，为村集体增收六万元。一举三得的新产业，给慕江村的人们带来了新希望。

慕江村铁皮石斛采收（凌厚祥 摄）

2023 年初夏，习润根再次来到石斛基地。

望着一垄垄、一簇簇茎条饱满而粗壮的铁皮石斛，望着正在林间有条不紊地对石斛进行管护的乡亲们，他的脸上溢满了欣慰。

哦，原来，水北人需要的不再是一两条鱼，而是钓鱼的竿、捕鱼的网、打鱼的船啊。

32. 协奏曲

当选第二届会长后，邹细保的人生换了一种状态。

生活的广度被拓宽了，人生的尺度被延伸了，要做的事情像扑棱棱飞来的一群鸟儿，围在他身边叽叽喳喳，以至于抽根烟的工夫都要考虑很多——邹细保感觉生命像被重新洗了牌，处处都有惊喜、焦灼、徘徊、突围、温暖、期冀……新鲜的体验太多，有些无法用语言描述，但充实内心、提振精神，让他对每个明天皆抱有期待。

商会存在的意义，无非两种：企业家们抱团经营、壮大企业的同时，为社会发展做出更多、更大的贡献；抱团反哺家乡，协力共建家乡，让乡亲们都过上好日子。

这是大家共同努力的方向。

邹细保知道，每名会员的血液里，皆流淌着中华上下五千年的文化基因，这是动力源。论公，一个优秀的民营企业家，家国情怀是基本素养；论私，谁都愿衣锦还乡、光宗耀祖，这是国人的传统，是积极的、向上的。不过，民营企业家们的成长经历，令他们养成了讲求实效、眼见为实的做事风格，想调动他们的积极性，还要讲求方式方法。

"让我捐资可以,捐物也行,但要让我知道捐出去的物资用在了哪儿。"一次,有会员跟邹细保聊天时,说出了心里话,"究竟是建了座桥啊,还是修了段路? 是支持了集体呀,还是资助了个人? 总得让我知道吧……"

邹细保点头,认为他说得没错:"的确,咱们商会每件事都要做到踏石留印、抓铁有痕,绝不能搞花架子!"

"就是。"这位会员又说,"不能弄什么遥远的、缥缈的慈善,钱捐出去了,而后杳无音信,看不到更摸不着!"

"所以,商会才要统一谋划、集体行动嘛。"邹细保笑道。

"商会的做法,我们绝对支持,"该会员嘿嘿一笑,"当然,若是建了个什么东西,竣工时能搞个功德碑,把咱的名字刻上去,能被人时时念起,小孩子看了都会肃然起敬,那咱这个慈善做得就更有意义了。"

"你呀,孩子心气!"邹细保笑着递给对方一根烟。

"父老面前,谁又不是个孩子呢?"这位会员辩解道。

是啊,大家内心深处都还是个孩子,赤诚的、淳朴的、心思简单的孩子,想炫耀又有些腼腆的水北孩子。

每每想到这儿,邹细保心中就会盛开大片的油菜花,商会这些民营企业家们,化身为顽皮的孩童,在金色花海里追逐嬉戏……哦,他自己也在其中。每年夏季,邹细保回到水北,周围没人的时候,他也想脱了衣服,扎进村南的水塘里扑腾几下。

亲爱的家乡啊,你要是变成童话里的世界该有多好!

2017 年,邹细保自掏腰包三百多万元,将邹家村的主干道全部修整,铺上沥青、绿化道路、安装路灯,而且直接把路铺到了家家户户门前,让邹家村可以结结实实、亮亮堂堂地与镇里连接,与新余连接,与世界连接。他还请老师邹井恒带头成立了一个小组,谋划整座村庄的美丽乡村建设。

又一年，全村九十二幢别墅式楼房拔地而起，布局合理，样式别致，整齐划一，美观大气。这些新楼房，邹细保为每家赞助了三万元，使乡亲们实现了住楼房的梦想。当童话世界里的城堡真真切切、漂漂亮亮地矗立在眼前时，邹细保仿佛又看到了小时候跟哥哥姐姐们挤在老宅里的情形，那一刻，幸福中夹杂了莫名酸楚的情感，倏地涌上他的心头，使他突然明白了自己诞生于这个小村庄的意义所在。

现在，他邹细保不再仅仅是个成功的企业家，他还是水北商会的会长，责任更大了，思维也必须转变。既然商会建立了党组织，就该把分散的力量整合起来，攥成一个拳头，为水北做点团队才能完成的大事情。水北很大，水北仍不富，要做的事情很多，撒胡椒面那样这儿撒点、那儿撒点，只能处理眼皮子底下的事，不足以解决根本问题。

邹细保将自己的想法跟常务副会长钱小云说了。

不谋而合，钱小云也在思索这个问题。

慷慨助学的同时，钱小云始终关注着村庄变化，时不时会回一趟钱圩，探望一下乡亲们，看看有什么自己能做的。如今，村里的老人们逐年减少，钱小云很担心有一天回来，不会再有人老远就认出他，不会再有人亲热地喊他一声"块块"——他喜欢这种带有孩子气的呼喊。孩子气便是福气，若能一辈子做孩子，才是真幸福、真幸运。

老人们在老去，村庄也在老去，钱小云想让这一切重新焕发生机。

过去，他自有一套回馈桑梓的办法。

每年深秋，天气转凉，钱小云会请几位弹棉花的师傅来钱圩，给全村所有七十岁以上的老人各打一床新被子，配上新被套，另外电热毯、毛毯也全都配齐。怕老人们舍不得用，钱小云安排人直接把老人们旧的床上用品撤下来，铺上新的。

"明年还有，别舍不得。"他还会补上一句话。

老人们的脸上便溢满了笑，深深的皱纹拥作一团，像是送给"块块"的小红花。

水北的冬天，没北方那么冷，但最冷的时候，河面上也会冻上一层薄薄的冰。年轻人没事，老年人还是蛮难熬的，有的膝盖受凉，走路都困难。钱小云一不做二不休，干脆给每位老人配个取暖的炉子，木炭都给提前准备好，让他们过个暖烘烘的冬天。到了夏天，趁天还不算太热，钱小云提前回一趟村子，车上装满花露水、蚊香、扇子、蚊帐、凉席，一家一户给老人们送过去，摆到柜子上，想用，触手可及。

这样的"块块"，乡亲们会情不自禁给他竖大拇指。

钱小云很享受这个过程，倘若家乡父老有需要，他可以把心掏出来给大伙儿看。

村里的水塘年久失修，谁也不愿承包。无奈之下，村主任找到钱小云，他利索地承包过来，雇人挖深、拓宽，放上水养了鱼。鱼儿在水中自由生长，不管养多大，钱小云从不打算卖，村里人可以随意去钓，权当大自然的馈赠。夏天干旱了，人们要从水塘里抽水，抽着抽着，见了底，村主任赶紧给钱小云打电话，他却笑着说抽吧抽吧，没事儿，下了雨就又满了。

村庄待"块块"为孩子，"块块"把村庄看作母亲，孩子为母亲做点事，天经地义。

进入商会以前，钱小云有个朴素的观点：大才大德行大善，小才小德行小善。一个人，上有父母，下有儿女，左右是兄弟姐妹，首先要能照顾好这些亲人，让他们过上好日子，不给社会添麻烦，不给国家添麻烦，把这些事做好的基础上，再尽可能地扩大做好事的范围。若大大小小的民营企业家们都做到了这一点，整个社会就更稳定、祥和了。

国家、国家，有国才有家；家国、家国，有家才有国。

如今，钱小云渐渐明白，自己过去的观念，是一种狭义的慈善。作为水北商会的一员，他们可以做的大善还有很多，三百多名企业家，三百多股力量汇聚在一起，完全可以全方位改变水北的面貌。

观念决定行动。

从会长邹细保开始，钱小云、习润根、敖小海、敖志良、袁晨平、李庆荣、符夫生、简新文、敖宏斌、张乐新、钱细平、张灵丽等十多位副会长，以及所有立志报效桑梓的民营企业家们，在商会党委的统一领导下，开始了团队作战。

南陂村委八年村有对夫妻，男人叫张有得，女人叫小娥（均为化名），两口子情况很特殊。张有得四十多岁时，讨了小娥做老婆。两口子智力均有障碍，日子过得可想而知。后来，糊里糊涂的两口子又有了个儿子，还好，儿子一切正常。村里就把张有得一家列为重点关注对象。

水北商会成立后，民营企业家们一改过去游击战的打法，将力量集中起来，开始有针对性地帮扶水北乡村的贫困家庭。邹细保对口帮扶张有得一家，在给予日常资助的同时，见他家的房子歪歪扭扭有些危险，商会又出资将张家的房子改造、加固了一番。有了这些企业家们的爱心关怀，张有得的儿子得以考上大学，本科毕业后，在无锡有了份不错的工作。

这个被生活激流冲到悬崖边上的家庭，得以安稳。

张有得一家的变化，让更多的民营企业家意识到了水北商会的重要性，也更坚定了报效家乡的信念——不让水北一位留守老人因贫受苦，不让家乡一名学子因贫辍学，不让村庄一户农民致富掉队，成为他们行动的终极目标。水北的教育、医疗、住房、养老等各方面，只要有需要，他们就义不容辞地冲上去，有钱的掏钱，有力的出力。渐渐地，商会内部形成了一股新风气、新风尚：

> 不做好事，不好意思；
> 做点好事，不够意思；
> 多做好事，才有意思。

民营企业家们牢记这二十四个字，重新布局内心世界，不再瞻前顾后，不再患得患失，像一匹匹实力雄厚、精力充沛的千里马，全力驰骋在这片熟悉的红土地上。

那千军一致的步调声，构成了激荡人心的进行曲，响彻水北。

33. 挖战壕

2016 年 4 月，周金林调往新余市委统战部，并被市委派驻水北商会，再次兼任商会党委书记。

像指挥官回到熟悉的阵地，见到熟悉的战友，周金林浑身充满干劲，党组织的堡垒作用在水北商会得到进一步加强、巩固。有了团队的力量，在脱贫攻坚的战场上，民营企业家们的冲锋更精准、更勇猛了。

红土地上，需要"灌溉"的地方还有很多。

琴山村委位于水北镇东南方向约九公里处，由三个自然村组成。全村山地面积五千多亩，耕地面积仅有一千多亩，属于典型的丘陵地貌，脱贫攻坚阶段，琴山为"十三五"省级贫困村。

缺水，成为制约村民致富的首要原因。

当然打过井，但往往打到地下百十米深，仍不见水源。饮用水困难，灌溉水更别提了，种地基本靠天收。过去，农业又以种植水稻为主，这种自然条件下，收成可想而知。

穷则思变，人们一直在想办法改变这种贫困的生存状态。

事实上，致富的法宝早就有，琴山村的乡亲们也都知道这个法宝，只是没能将它的"法力"充分发挥出来。

这就是油茶。

油茶树，我国特有的经济树种，世界四大木本油料植物之一，已有两千多年的栽培历史，非常适合南方亚热带地区的高山及丘陵地带栽种。江西很早就有种植油茶树的传统，新余更是全省油茶主产区之一，产业起步早、基础扎实。革命年代，茶油珍贵，乡亲们舍不得自己用，用茶油从白区换回食盐、药品等物资，悄悄支援红军——在脱贫的战场上，油茶树能不能帮助乡亲们拔掉穷根，成为新时期的"致富树"呢？

早在2009年，琴山村委就开始尝试种植油茶树，并成立了油茶协会。但种植技术落后、销售渠道不畅，阻碍了油茶种植业的发展和农民增收，村干部和村民们很是苦恼，却无计可施。

干渴、无奈、焦灼中，日子拖着疲惫的步伐，向前缓慢挪动着。

水北商会成立后，经商会党委引导，企业家们报效桑梓的方式发生了转变，从过去单纯的"授人以鱼"，变成了"授人以渔"。了解到琴山村委的发展困境后，他们果断伸出了援手。由商会提供资金，请农业专家深入田间地头，为农民提供技术支持，以技术帮扶油茶增产；同时，商会出资帮助村里建起了油茶深加工车间，使油茶种植户有条件对产品进行深加工，增加产品附加值，促进增收。

一条飘着香气的致富路，修到了琴山乡亲们的脚下。

油茶树的田间管理，包括除草松土、防病灭虫、施肥剪枝，以及采摘等，都需要大量的人工。为激发贫困户内生动力，种植基地会优先聘用贫困人口务工，为他们提供稳定的就业岗位，多干多得，有贫困户单凭这一项每年就能增收五千多元。

然而，仍有个担忧像乌云一样飘浮在油茶种植户的心头——销路。种得再好，产量再高，品质再优良，茶油卖不出去，也是竹篮打水。

在"万企兴万村"工作推进会上，邹细保将琴山村乡亲们的焦虑讲给了大家听。

"这个好办，咱商会不是有三百多位会员嘛，哪家不用油？自己不吃还可以送给亲戚朋友嘛……"有人一句话活跃了气氛。

"一斤茶油才六十块钱，每人搞上它十斤，几百块钱而已，能吃上好油，又能带动乡亲们致富，何乐不为？"又有人接话说。

邹细保当即敲定了这个提议。

琴山人的后顾之忧，就这样被水北商会轻松化解了。

商会助力脱贫攻坚，为水北乡村带来了极大变化。为了让企业家们切实感受到家乡巨变，激发大家继续回报桑梓的主动性、积极性，这年秋季，水北商会组织会员们前往琴山村。

正是油茶花盛开的时节，漫山遍野的白色花朵浸沐在阳光下，似落雪压青，如棉絮铺陈，清风徐来，幽香阵阵。站在几千亩高产油茶林前，

油茶丰收的喜悦（赵启琛 摄）

会员们赞不绝口，兴奋不已，纷纷拿出手机拍照。

"与扶桑相比，它不艳丽；与牡丹并园，它不华贵；没有桂花香，不如菊花靓，但是……"有位文青范儿的会员喃喃自语，见旁人侧耳，愈加兴奋，"在这地染金黄的秋天，油茶花却能编织出一幅如梦似幻、美若仙境的水北雪景图，奇哉、壮哉！"

有人笑，有人鼓起掌来。

转眼，时光到了 2020 年 1 月份。

这天下午，琴山村油茶深加工车间的大门外，聚了一群人，热烈得像熊熊燃烧的篝火。

贫困户老邓吃力地从人群中挤出来，身材瘦小的他浑身热乎乎的，刻满皱纹的脸上满是开心的笑，像收到新年礼物的孩子。他的确收到了礼物，一个红色文件袋。掂了掂、晃了晃手中的纸袋，老邓想拿回家再打开，又朝外走了几步，还是没忍住，停下，从袋子里抽出一沓钱，迫不及待地点起来。

"老邓，不是说拿回家请老婆大人过目吗？"有人打趣道。

"票子嘛，我又不是不识数。"老邓略显笨拙地捻动着手指。红色钞票发出清脆的声响，不大，却像雷声一样刺激着老邓的耳膜。

"你领到多少？"有人问他。

"够多！"老邓喃喃自语，"这眼瞅着过年了，正发愁没钱备年货呢，现在好了，领到钱，过年可以多买点东西喽！"

听到的人，都会心地笑了。

这是由水北商会组织的一个小仪式——琴山村油茶合作扶贫产业项目分红现场。

"大家别急，排好队，一个个来。"有工作人员提醒。

"领钱嘛……着急很正常，但也要按顺序来哦！"分管精准扶贫工作的副会长钱细平，一句话逗乐了所有人。

为给水北的村庄输血，商会想了很多新办法，实施了很多新举措，与琴山村合作建设油茶扶贫产业项目，只是小荷刚露出的尖尖角。

水面下、淤泥中，还有很多白白胖胖的藕。

第十一章

老吾老

民以食为天，若能解决乡村高龄老人吃饭的难题，老人们能省不少事，在外打拼的儿女们能省不少心。

商会党委一直在总结经验，多次召开专题会议，探索颐养之家的运作模式。

2019年1月，邹细保连任水北商会第三届会长，商会迎来又一个发展阶段。彻底解决水北留乡老人吃饭的大问题，再次被提上日程。

早在 2013 年，在水北商会的资助下，新桥村依照熊坑新村的模式，建成专门服务村里孤寡老人的小食堂，有了颐养之家的雏形，有五个，分散在六个自然村组。

然而，因缺乏经验，那时的小食堂，要么建在村组的祠堂里，要么借用村干部或离乡人员的旧房子，条件简陋、设施缺乏、管理不规范、后续资金跟不上，吃了上顿难见下顿，可以说没起多大作用。

这一问题，亟待解决。

34. 同心

2020 年 9 月 26 日，一个普通的日子，空气中却萦绕着丝丝缕缕的期待。

正是午休时间，水北镇敬老院的院内静悄悄的，老人们都在宿舍休息，偌大的院子里一个人也没有。此刻，院长刘梅芳却毫无倦意，时不时便起身来到窗前，朝大门口张望几眼，唯恐错过任何一点新动向。后来，她干脆走到院中，望着阴起来的天空愣了几分钟，最终移步到一棵香樟树下，守着门口，静静地等待起来。

她在等一群特殊的客人。

其实，刘梅芳是在替他人守候——替敬老院里住着的七十多位老人。这些特殊客人，是为老人们而来。

水北镇敬老院位于镇政府西南方向，坐落在北港村委官城村，20 世纪 80 年代初，随着家庭联产承包责任制的推广、实行，水北大量富余劳动力陆续外出务工，留乡老人、空巢老人开始增多。为了更好地解决乡村"五保"老人供养问题，1983 年 3 月，水北镇兴办了敬老院，由政府来为"五保"对象提供供养服务。

斗转星移,时光飞逝。

如今,水北镇敬老院已成为占地面积一万七千平方米、建筑面积三千九百零六平方米的农村"五保"供养机构,有房间七十一间,床位一百一十张,工作人员八名。虽说仍是个不大的社会福利事业组织,但刘梅芳在这里干劲十足,不仅敬老院的几十位老人需要她和她的同事,来自水北镇党委、镇政府和方方面面的关心,更让她工作起来信心十足。

老有所养,民生大计。

常常,刘梅芳会觉得自己是一只小蜜蜂,正在花蕊间辛勤劳作,酿造世间最甜蜜的事业。

有风轻轻拂过,江南的秋风将一丝湿润送给了她,"可别赶上下雨啊……"刘梅芳朝耳后拢了拢垂到额前的发丝,将视线又一次投向大门口。

再有四天,就是中秋节了。午饭时,有老人问她:"刘院长,他们今年不会不来了吧?"

"怎么会?"刘梅芳眉眼弯弯。

"他们要是不来,这节过着就少了滋味喽……"又有老人说。

"已经给我打电话啦,"刘梅芳解释说,"都是言出必行的人,肯定来!"

"是,他们一会儿准来!"也有老人像孩子那样学舌。

他们,指的是水北商会的民营企业家们。

老来难啊老来难,谁都不希望老,但谁都有老的那一天。

水北镇的老人们,大体可分为这么几种状况:有后代,且后代未离乡,老人们跟后代一起生活;有后代,后代离乡了,老人们有子女供养,只是不跟子女一起生活,属于空巢老人;再有就是老人无后代,但自己有积蓄，身体状态也还行；最后一种就是啥都没有的孤寡、残疾老人……

最难的就属最后这一类老人，只能靠政府来实现老有所依。

水北镇敬老院的老人们，大部分属于最后一种——"五保户"。政府每个月有固定的补贴，能保障这些老人们安度晚年。但毕竟财力有限，若想让这些老人拥有一个高质量的晚年生活，仍需更多的力量投入。

2012 年，水北商会成立后，为报效桑梓、反哺家乡父老，在助力镇党委、镇政府建设美丽乡村的过程中，民营企业家们将目光深情地投向了村里的留乡老人，尤其是那些无依无靠的老人。

资助村委建设颐养之家，走访慰问养老机构……

2016 年，水北镇敬老院开始修建四号宿舍楼，政府提供改建经费，水北商会则主动捐资为敬老院购置了衣柜、空调、洗衣机等硬件设施，解决了后续的大问题。这是大的方面。小的事情上，企业家们考虑得同样很周到，落实了一个非常接地气的事情：每逢农历二、五、八水北大集，商会就安排人买上三十五斤猪肉送到敬老院，相当于一个月近三百五十斤。最初，各个副会长轮流献爱心，提供此项经费，后来变成了商会的固定捐助项目。

喷香、软糯的炖肉入了口，老人们脸上溢满了笑。

然而，一年两年、三年四年，渐渐地，院长刘梅芳发现了问题：这么吃下去，对老人们的健康未必是好事，需要调整。水北商会的企业家们再来送肉时，她抱着试试看的心态，把自己的想法跟他们说了。

"哦，刘院长说的也是啊。"商会的人笑了，像做错了事的孩子。

"您跟商会领导们反映一下，看能不能把捐赠的肉换成现金，由敬老院来调配运转，我们可以给商会报账……"刘梅芳解释说。

没想到，水北商会痛快地答应了，从 2016 年到 2018 年，每年给镇敬老院五万元副食经费，到了 2019 年，又增加到七万元，用来为老人们购买牛奶、鸡蛋、水果等营养品。后来，为让敬老院的几位管理、服务人员感到被社会认可，更安心、开心地工作，水北商会又给敬老院提供了一万元护理费，用来激励工作人员。

水北镇政府与水北商会的力量合二为一，为水北的老人们打造了一个更加坚实的保障平台。

今天，刘梅芳等的，就是水北商会的企业家们。

水北商会一年一度的金秋走访慰问活动，不仅要奖优助学，还要走访颐养之家、计划生育特殊家庭、晓康驿站，镇敬老院更是企业家们走访的重点。

老人觉多却也觉短，有的已结束午休，走出房间，结伴在院内慢慢溜达起来，目光却跟刘梅芳一样，时不时朝大门口扫几眼，又不好意思来门口。

果真都是老小孩。

刘梅芳感觉有趣，索性站起身，来到了大门口，才定睛向外面看，就见几辆车从远处缓缓驶来——他们来了！

都是熟悉的面孔。

商会常务副会长钱小云、习润根，副会长李庆荣、钱细平……一个个穿着水北商会的红马甲，面带真诚、憨厚的笑，从车上下来就开始七手八脚地卸载各种物资：月饼、水果、大米、食用油等等。

刘梅芳急忙迎了上去。

院中，老人们你呼我、我唤你，也慢悠悠朝门口聚拢。气氛一下子热闹了。雨珠儿，就在这热闹中扑簌簌掉落下来，打在树叶上、人们身上、卸下来的物品上，热闹中就有了小慌乱，一群大男人也变得叽叽喳喳了。

只要能做点事的，都忙了起来。

水北商会捐赠的物资，很快被摆到了避雨的楼道口处。这时，那顽皮的雨竟然又停了。

"这是商会捐赠给敬老院的八万元现金。"李庆荣代表水北商会，将一个装有现金的纸袋，郑重地交到刘梅芳的手中。

有人情不自禁鼓起了掌。

在给老人们分发慰问品时，有位老人偷偷抻了抻刘梅芳的衣襟。

"有事？"刘梅芳回头笑道。

"嗯……是这样……"老人欲言又止。

"啥事？您说吧。"刘梅芳鼓励道。

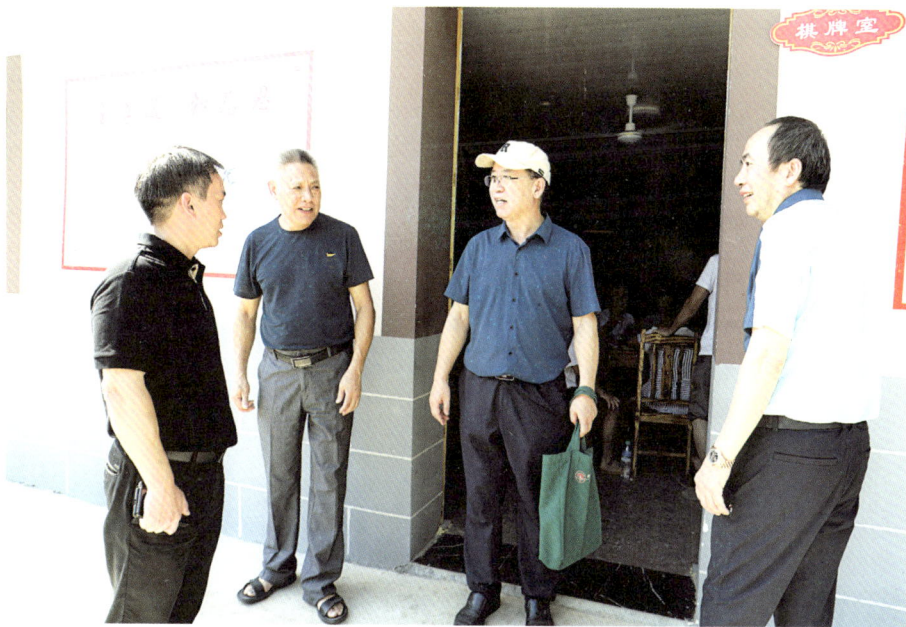

作者李春雷（左三）走访颐养之家

"这商会又给咱钱又给咱东西，真好……"老人看了看手中拎着的月饼，"但是，不会是一锤子买卖吧？"

刘梅芳正要解释，旁边站着的商会常务副会长习润根听到了，憨厚一笑，替她答了："您看，咱这次活动叫'爱心接力棒'走访，重点就在这'接力'二字……"

"就是说，肯定还来？"老人接话道。

"当然！肯定还来！"习润根掷地有声。

事实上，在水北镇党委、镇政府的指引下，水北商会的工作对象，并不局限于镇敬老院的老人们。民营企业家们挂念的是全水北的老人，尤其是那些高龄空巢老人，为他们做点实事，让他们拥有一个老有所养的晚年，才是水北商会努力的方向。

35. 暖光

退了休，步入颐养天年的阶段。

客厅看看新闻，阳台侍弄一下花草，公园里散散步、遛遛弯，或者养只猫、弄只鸟……实在闷了，跟老伴报个旅游团，去祖国大好河山转一转，体验一把异域风情，日子也算不错了。

然而，这样的生活过了没几年，年近古稀的敖爱文老人不耐烦了，吵着要回老家新桥村安度晚年。

"水北多好，有山，有水，有熟人，出了门天高地阔，空气都是新鲜的、甜丝丝的，比窝在城里吸尾气强多了！"老敖对老伴说。

"你可在分宜城过大半辈子啦！"老伴笑道，"再说了，城里多方便，缺个啥,下楼就可以买,不舒服了附近有医院,人老了,要考虑适不适合。"

"我就觉得老家最适合养老,楼上待着,心里空空的,街上车多人多,咱慢吞吞的,自己都嫌碍年轻人的事儿。"老敖坐在沙发上,眼神有些空洞,思绪越飘越远。

"你说得也是。"老伴给敖爱文倒了杯水,也缓缓坐在沙发上,"你这么一讲,我也想回老家看看,尤其油菜花盛开的时候,像泼了金,还有夜里的星星,跟水洗过一样,在城里肯定看不到。"老伴越说越兴奋。

敖爱文眼里有了光。

"咱在新桥还有房子呢,儿子分的那点地,咱种点瓜果蔬菜,施点农家肥,绝对不打药,早起拿把锄头去菜园子锄锄草、松松土,累了,找几位老伙计打打麻将、聊聊天,岂不是神仙过的日子? "老敖说着,站起身,学了个锄地的动作。

老伴会意一笑,"那,咱就回水北养老? "

"回! "老敖围着茶几转了一圈,"回水北,回新桥,归根嘛! "

"你可不许反悔。"

"回老家,有啥可后悔的? "

老两口打定了主意。

几天后,启程。

欢欢喜喜回到村里,一个多月后,新鲜感退去,虽说还是认为在老家待着心情舒畅,却也发现很多不便的地方——单单做饭这一项,就挺烦人。老两口都不愿意做,不是懒,年龄大了,手脚笨了,自然如此。在城里,不想做饭可以出去买,或者就近找个饭馆,便能解决问题。在村里呢,买着吃不方便,也没啥可买的,顶多是些袋装速食,品种单一、味道不妙。去集市吧,离得又远,再说也不能囤太多,容易变质。

发愁的，何止敖爱文老两口，村里的老人都有这烦恼。

老人们的烦心事，正是水北商会一直关注的事。

这件事，在全国乡村都是个大问题。民以食为天，若能解决乡村高龄老人吃饭的难题，老人们能省不少事，在外打拼的儿女们能省不少心。

商会党委一直在总结经验，多次召开专题会议，探索颐养之家的运作模式。

2019 年 1 月，邹细保连任水北商会第三届会长，商会迎来又一个发展阶段。彻底解决水北留乡老人吃饭的大问题，再次被提上日程。

会长办公会上，常务副会长习润根在谈完其他工作后，话锋一转，提到了颐养之家的事。

"家"的味道真好（陈东　摄）

"有件事，细保会长让我重申一下，就是水北商会助力兴办颐养之家这件事，还要继续搞下去，要往深里做、细里做，做成咱水北的一张名片、新余的一张名片，最好做到在全国都产生影响……"

会长邹细保，常务副会长钱小云，副会长敖小海、敖志良等人，都在静静倾听。

"所以，恳请在座的各位，抽出一点空余时间，挤出全年收入的一点零头，动员身边有能力的人，共同把水北的养老事业做扎实，也算咱们没辜负水北的养育之恩。"习润根有些激动，平日寡言少语的他，今天话不仅多，且饱含深情，"换个角度想，照顾好这些老人的今天，就是照顾好二十年、三十年、四十年后，我们自己的明天。"

会议室内，众人一脸凝重。沉寂几秒后，邹细保开了口：

"我完全赞成习会长的意见，敬老爱幼是传统美德，必须弘扬，具体到水北商会，就是要做实事，做乡亲们最希望我们做的事……"

邹细保讲完后，常务副会长钱小云表态：

"照顾好老人们的今天，就是照顾好我们自己的明天，这句话真好！我赞同邹会长、习会长的话，大家拧成一股绳，有钱出钱、有力出力，没有办不好的事！"

几人的讲话，调动了所有人的情绪。企业家们低声讨论着，有的说这么做，有的说那么干，恨不能立即行动，奔赴水北的各个村庄。

敖小海和敖志良对视一下，彼此低声说出自己的想法后，都笑了。

两人不谋而合。

若想将颐养之家建设好，不流于形式，打造乡村居家养老的品牌，需要有个新样板、新典范。同为副会长，敖小海和敖志良又出自一个村，他俩觉得有责任把事情担当起来，率先试一试，在新桥村打造一个颐养之家的新标杆，让后续过河者知道个深浅。

约好日子，敖小海与敖志良一起回了新桥，与村支书敖辉祥坐到一起。得知两人的想法后，敖辉祥兴奋得搓红了手。

"建一所高标准的颐养之家？这可是造福老人们的大好事啊！"敖辉祥激动地说，"乡亲们会感谢你们水北商会的。"

"也没啥，尊长公嘛，咱水北人的传统，"敖小海笑了笑，接着说，"过去条件不好，老人们没过上几天好日子，辛苦一辈子了，也该让他们享享清福。"

"敖会长说得没错，现在我们有了些能力，该做点事的。"敖志良平静而真诚。

敖辉祥愈加钦佩。

接下来，三个人紧锣密鼓地忙了起来。敖辉祥和其他村干部负责颐

新桥村颐养之家（傅杰 摄）

养之家选址、用地审批；敖小海、敖志良两人则通过商会，把新桥村在外的二十几位企业家通知了一遍，详细介绍了要做的事情。

响应热烈。

最终，敖小海、敖志良与会员敖小华、敖小强每人出资二十五万元，村里在外打拼的大小企业家筹集剩余资金，总投入二百一十多万元的新桥村颐养之家，于 2019 年 10 月份正式破土动工。

那天，秋高气爽，苍穹干净得像蓝色镜子。

敖爱文和村里好几位七十岁以上的老人，自发来到施工现场，如一棵棵经年老树，颤巍巍站立在周围，远远地望着工程机械在地基上轰鸣、忙碌。每个人的表情各不相同，有的惊喜，有的渴盼，有的面如止水，浑浊的眼眸却同样闪着期待的光。

"这下可好了。"敖爱文老人喃喃自语，"等建好了，再也不用为做饭的事儿发愁喽！"

有人发出了会心的笑。

建"家"过程中，只要没事，敖爱文就会来施工现场看一看，也不说话，或是围着工地转一圈，或是在旁一站老半天，像看护自己的孩子。一年多的工期，并不漫长，老人却仿佛等待了一个多世纪。

盼啊，盼啊，终于盼来颐养之家乔迁开伙的这一天。

2020 年 12 月 5 日，新桥村的男女老少齐聚颐养之家宽敞漂亮的新院落，欢度这个喜庆的日子。敖爱文早早就到了，在人群中，他先是看到了敖小海、敖志良，又看到已任水北商会党委书记的邹细保会长，还有几位同样为颐养之家建设出了大力的企业家们。他们一个个精神抖擞，忙个不停，像自家孩子在张罗自家的事儿，让他和周围的老人们心里很熨帖。

"都是能人，都是有情有义的人！"敖爱文对身边的老伙计说。

"还是共产党好，本领高，能把这些老板们组织得这么好。"老伙计也感叹道。

"两股劲儿使到一处，没有干不成的事儿！"敖爱文说着，抹了抹眼角，"阳光真好……"

他的心里，也升起一轮小太阳，烘得全身暖暖的。

36. 新鲜事

在新桥村生活了一辈子，九十岁高龄的敖乡年老人，发现自己的世界在迅速缩小。

人这一生啊，果真是个兜兜转转的轮回。

从起点出发，一路蹒跚，一路奔走，一路飞翔，老了老了，又开始往回收缩，视力在收缩，听力在收缩，身体也在收缩，属于自己的世界，在加速收缩。

到如今，只剩下几步远的天地了。

若不是村里有了颐养之家，敖乡年认为自己早该缩到床上去了。老伴同样年近九旬，且患有骨质增生，路都走不了，更别提做饭了。敖乡年自己呢，也不愿做饭，可又不得不做——只能凑合，勉强能让自己和老伴填饱肚子罢了，谈不上口味与品质。

老两口有四个孩子，两儿两女，都很孝顺，也都很有出息。

大儿子在新余市统计局工作，二儿子在乡镇政府上班，均把家安在了新余街上，吃的是公家饭，住的是大高楼，多次想把二老接过去，敖乡年不愿意。

故土难离嘛。

在新桥，平房住着多接地气！出门就是院，出院就是街，出了街就是大片庄稼、大片自然的色彩；在村里遛个弯，清静、安全，没那么多车，无须担心被什么给剐一下、碰一下，也不必担心挡了谁的道、碍了谁的事；若是有个头疼脑热的，人人都认识，人人会伸手，不像在城里，不知对门住的姓甚名谁。

世界缩小到仅剩下几步路，没啥大不了的，只要路的尽头是颐养之家，老人就觉得这日子还有奔头。

此刻，尚未到饭点，敖乡年已经背着手朝颐养之家走来。村里那些老弟兄们，也是这样，有事没事，都爱去"家"里转一圈。这里有棋牌室、电视房，大家可以一起打打牌，一起看看电视，一起聊聊天，谈论一下国家大事、国际大事，当然，更多的是谈水北的事，谈新桥的事，谈颐养之家的事。

最初，在水北这片土地上，"颐养之家"可是个新鲜词。

如今，在水北镇党委、镇政府的带领下，在水北商会的大力资助下，这个新鲜词早已像蒲公英的种子，飞遍水北的山、水北的水，落在了水北的二十个行政村里，扎根发芽，茂盛生长，并绽放花朵，将乡村点缀得美丽、温馨起来。

邹家村的颐养之家开伙了，慕江村的颐养之家也开伙了……在这一过程中，水北商会党委引导会员们共捐资两千三百四十万元，援建了五十一个颐养之家，惠及八百一十六位老人，实现了水北镇养老全覆盖。

敬爱无亲疏，高龄皆父母。

七十三岁以上的老人，只要人在水北镇的村庄，只要你愿意来，皆可到颐养之家就餐；居住在附近，能自己走过来的自己来，自己动不了的，就安排人送过去。如此运行一段时间后，在新桥村，像敖爱文这样的老人，不仅身体状况大为好转，精神状态也发生了改变。

脸色红润了，步伐稳健了，腰板变直了，笑容更多了。

新桥新建的"家"里，有可口的饭菜，有娱乐的设施，还有"亲情连线室"——老人们大多不会使用智能手机，在外打拼的儿女们想跟父母通个视频电话，过去很费周折，在颐养之家却可以完美实现。

老的有了依靠，少的也便安了心。

因为颐养之家，村庄里开始出现人员"回流"——有些在外居住的水北籍老人，也开始回到村里。在新桥，继敖爱文老两口之后，又有一对老夫妻回乡居住了，可是让人们谈论了一阵子。

这对老夫妻，老爷子年轻时因上学离开了新桥，之后在外工作、结婚、生子，回村的时间越来越少，老太太就更别说了。与敖爱文老两口最大的不同是，这对老夫妻，村里没有房子，也没地。新桥村的年轻一代，甚至不晓得这对老夫妻的存在。

他们居然也回来了。

这当然是桩新鲜事，恰好被敖小海碰到了。

那次，在公司忙了一段时日，敖小海忽然觉得浑身乏力，心里也没着没落的，仿佛烧好的菜少了盐，就回新桥小住了几天。双脚踏在熟悉的土地上，身体是轻松的，心也是踏实的，好像风风雨雨一路走来，求的就是眼下这种感觉。

这天傍晚，敖小海照常出来散步。余晖下，远远望见一个背影有些生疏的老者，正在跟村支书敖辉祥说着什么，样子很拘谨，像请老师帮什么忙的小学生。走近了一看，却也似曾相识。

再想，就攥住了记忆的脖领。

这位老者的情况，敖小海多少了解一些。

老者父母健在的时候，有一年春节，敖小海在街坊家里见过他，听说他在江西拖拉机制造厂上班，是位首席工程师，因工作忙，离得也远，很少回来。老者的两个女儿，也都很优秀，皆定居美国。那时，村里人都很羡慕这家人，敖小海却为他们感到一丝遗憾。

一家几口，经年不见，怎么想也不是件幸福事吧？

略显陌生的身影，勾勒出略显模糊的记忆。敖小海缓步靠上前去。

"我也想常住村里，可新桥没房子嘛。"老者朝敖辉祥双手一摊，脸上的皱纹挤出失望的涟漪。

敖辉祥只能尴尬地笑。

"怎么回事，敖书记？"敖小海轻声问。

敖辉祥正要解释，老者却认出了敖小海，脸上的涟漪瞬间变成了花瓣。

"你是……那个谁，哦，对，小海是吧？"老者说。

"是。"敖小海猛然想起，老者该是叫敖自忠。

简短叙旧之后，敖自忠和敖辉祥你一言我一语，将事情的来龙去脉说给了敖小海听。原来，老人和老伴都退休后，一直在南昌居住，这两年，不知心底哪根弦被拨动，一门心思想回村里来，却苦于没房子。

"可不可以给老人家租两间平房呢？"敖小海听罢，笑着问敖辉祥。

敖辉祥想了想，说："村里可以解决这个问题。"

"村里帮您租两间平房，愿不愿意啊？"敖小海问老人。

"当然愿意啦，那可太谢谢你们啦！"敖自忠激动地朝二人抱拳，"租房的钱，我有！"

敖小海、敖辉祥都笑了。

三个人聊了聊具体细节，尔后敖自忠转身想去跟老伴汇报好消息，没走几步，又站住了。

"还想麻烦你们一件事……"

"您讲。"敖小海和敖辉祥几乎异口同声。

"听说，村里七十三岁以上的老人，可以去颐养之家就餐，我们……"敖自忠有点不好意思，笑了笑，"房子租好后，我和老伴算不算村里人？可不可以也去那里吃饭啊？"

"当然可以，欢迎啊！"敖小海快人快语。

"没问题。"敖辉祥也说。

"那，真是太好了。"敖自忠愈加激动，指尖在微微颤抖，"我们可以交伙食费的。"

"不用，水北商会都给解决了。"敖辉祥指了指敖小海，对老人说。

"哦，小海你是水北商会的？"敖自忠反应过来，紧走几步，拉住了敖小海的手，"我早听说过你们啦，水北商会真好啊，可是替咱乡亲们做了很多好事、实事！"

"是政策好，没好政策，我们拿啥做好事……"敖小海挠了挠后脑勺，有些害羞，像被夸奖的小学生。

37. 保险箱

在颐养之家建设推进会上，敖小海把新桥发生的几件新鲜事，说给大家听。

民营企业家们很受鼓舞，也很振奋，表示要继续加油干，让这些新鲜事变成寻常事，让水北这片红土地，成为更多人向往的乐园。

然而，喜悦之余，还有一件不能往深里想又不得不去想的事，像一团黏性极强、韧性十足的蛛丝，从初始就牢牢地缠在邹细保等人的心头，扯也扯不掉，择也择不清。

那就是：颐养之家后续运营的问题。

比如新桥村新建的颐养之家，是水北镇规模最大、入家老人最多、受关注程度最高的，即便如此，也涉及这个根本性的问题——运营资金如何保证？

没有钱，老人们吃的菜、米、面、油用什么购？水电费拿什么付？管理人员、炊事人员怎么维持？

这是个无法绕过去的问题。

敖小海和敖志良回村，不止一位老人问过他俩。

"小海呀，咱吃饭的钱，不能总让你们几个掏腰包吧？"

"志良啊，几个工作人员的工资，每月都要好几千，将来可咋办？"

"没有长久的资金投入，怎么维持得住啊？"

"你们几位是大好人，可以掏钱管我们，但总不能一直靠捐助，才能把咱这个'家'维持下去吧？"

"小海啊，你们商会要想个好办法哩。"

"志良啊，商会还要费心将事情捋顺哦！"

…………

殷切的眼神，焦灼的疑虑，现实的问题，令敖小海、敖志良等人陷入了深思。

没个长久执行的资金注入办法，不能挖出有源头的活水，老人们的担忧很可能变成现实。这件事，跟水北商会要建成百年商会一样，不能靠激情、靠自发、靠头脑一热来实现。

怎么办？

为彻底解决这个问题，消除人们的后顾之忧，邹细保将水北商会的几位骨干成员召集到一起，大家各抒己见。

"现在，不仅我们水北，整个新余市都在打造颐养之家，城区也开始有动静了。"邹细保展开了议题。

"是啊，据我了解，为了可持续性，大多数颐养之家施行了老人交一部分费用，财政再补贴一部分的办法。"钱小云接话说。

"咱们水北的颐养之家，目前是全部不用老人交费的。"习润根补充道。

"但是，我们仍需一个能长久施行的经费注入模式。"邹细保说。

大家纷纷点头。

"为此事，我和志良专门回了趟新桥，找到一个解决办法……"敖小海一开口，就把所有目光吸引过去。

一个周末，敖小海、敖志良、敖小华等几位捐资建设新桥颐养之家的企业家们，在敖小海的召集下，齐聚颐养之家的党员活动室。

议题很明确：如何长远解决运营资金的问题。

讨论是热烈的，大家你一言我一语，谁都不想让曾经的努力付之东流，也真切希望村里老人们能有个踏实、幸福、安逸的晚年。

烟抽了好多，茶喝了好多，几位企业家的话，也说了好多。

有人提议：在座的都是喝着新桥的水、吃着新桥的米长大的，回馈村庄，天经地义，建议继续每年给颐养之家捐款。

有人不赞成：这么做短期可行，并非长久之计。商场如战场，谁也不敢保证自己的企业每年都赢利，万一哪年赔了呢？一旦有三两个老板拿不出钱来，老人们总不能饿肚子等吧？

也有人建议：像其他乡镇那样，收取老人们一部分钱。

这个想法也被否决了。

当初，企业家们捐资新建颐养之家，就是想回报一下新桥父老，豪言壮语都说出去了，社会影响也传播出去了，现在突然要收费，老人们怎么想？村里人怎么想？其他地方的人知道后，又怎么想？

讨论陷入僵局。活动室内，烟雾缭绕，愁眉不展。

时机已到，敖小海和敖志良将心中的方案抛了出来——

成立一个基金账户，专款专用。

基金就是"保险柜""聚宝盆"，本金坚决不能动，用利息来支付颐养之家的每月花销。

"聚宝盆"由大家轮流保管，每人管一年。其间，可以拿这笔钱去市场上投资，收益归投资人，但必须按银行利率出利息，亏损或不够，谁掌管谁负责往里面垫。总之，必须保证"保险柜"内基金额度只增不减。

年终岁尾时，无特殊情况，所有捐资者都要来颐养之家集合，陪老人们吃个饭，听取老人们的意见，饭后几个人核对一下全年账目，然后将"聚宝盆"进行移交。

如此循环。

众人完全同意，在村干部的见证下，大家签署了协议，按上了鲜红的手印。

敖小海、敖志良等人主动掏腰包，每人上限二十万，下限五万，首次便汇聚了一百三十万元。村里其他在外的大小企业家们听说后，被敖小海等人的行为感动，也纷纷解囊，颐养之家的运行基金很快累积到两百万元。

众人拾柴，火焰冲天。

这天，敖小海接到一个电话，是新桥人敖华打来的。

"敖会长，谢谢你们水北商会为村里办了件大好事、大实事啊……"敖华在电话里激动地说。

敖华兄弟二人，弟弟跟着他在广东佛山做建材生意，村里只剩下老父老母留守。尽管兄弟俩做的生意不大，但每次回水北，总会给父母一笔钱。可老人们是从苦日子里熬出来的，有钱也舍不得花，常常做一个菜吃上几天，馊了仍会热了继续吃。敖华很担心父母的身体，想把老人们接走，二老又故土难离，死活不肯去佛山。

"你们这个颐养之家，可是解决了我们的后顾之忧啦！"敖华的嗓音有些颤抖，"现在，我家老人每顿都能吃上新鲜饭菜，多亏了你们啊！"

"这是我们应该做的……"敖小海笑道。

"听说大伙儿都捐钱了……我呢，打这个电话，一来表示对水北商会的感谢，再者呢……"敖华似乎有点不好开口，"我呢，生意做得不大，最近又买了房，手头不宽裕，想问问，捐两万可不可以……"

"当然欢迎！"敖小海不禁心潮起伏。

各方发力，多源汇聚；守住闸口，清水长流。

随着颐养之家在水北镇全面铺开，新余市委、市政府对水北商会这项工作给予了高度肯定，经过调研，决定每年为每位入家的老人财政补贴五百元。水北商会顺势而为，从商会资金中每年再为每位老人补上五百元。

水北的颐养之家，像满载老人们幸福晚年的客船，如今有了压舱石，可以安然地航行在岁月的长河之上了。

幸福客船上的硬件设施，如冰箱、彩电、空调、灶具等等，均由水北商会出资配齐。不仅如此，只要有新的颐养之家开伙，商会都会第一时间派人送去五万元的补贴，并将这一做法延续至今。

除去夸赞与钦佩外，人们唯有祝福了。

面对家乡父老，民营企业家们没有沾沾自喜，他们清楚自己做得还不够，还有很多事情可做。

在上村村委邹家村，会长邹细保不仅出资修建了庭院式的颐养之家，还将老人们一日三餐的伙食费全部兜了底。掌管这些经费的，正是当年邹细保上学时，对他严加管教的老师、邻居邹井恒老人。只要跟人谈起自己的这个学生，谈起这个曾调皮得让他头疼的学生，邹老师总会这么评价："细保啊，尊老爱幼，有大德！"

为此，邹家村的一位高龄老人还专门写了一首词：

清平乐·颐养之家

欣逢盛世，皓首得福气。商会反哺抒壮志，颐养之家兴起。

三餐菜饭清香，妪翁满面红光。锻炼休闲娱乐，欢声笑语一堂。

第十二章

家乡美

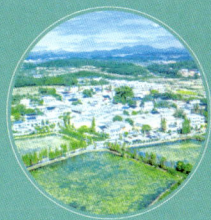

　　看到清澈的自来水流入家家户户，傅小冬感到莫大的幸福与满足，索性又为全村垫付了一年的水电费，其间有设备需要维修，也是派自己公司的工程师去做——乡亲们的眼睛是雪亮的，见傅小冬诚心实意为大伙儿谋福利，支持他的人越来越多。傅小冬趁热打铁，与村干部们一番谋划，又把村里的水塘修葺一新，对村容村貌也进行了彻底整治，下小水村旧貌换新颜，一下子变得漂亮、雅致了。

水北商会要助力乡村建设，必须有抓手。

为了编织一张覆盖水北全域的网，商会成立之初，在党建工作的引领下，不仅组建了内部组织，而且有意识地筛选商会副会长、各联络处处长，力争水北每个行政村都有民营企业家在商会担任职务，也果真实现了全覆盖。这些骨干力量，对商会精准扶贫、扶危济困、扶老携幼、"万企兴万村"、协助镇政府管理乡村各项事务，起到了直达末端、润物有声的作用。

38. 情切切

在水北商会，1962 年出生的楼前村委远塘村人李庆荣，算是元老级的会员，商会成立之初他就加入了，年龄也是比较大的。小时候，李庆荣家里兄弟姐妹八个，他行二，日子当然过得不舒坦。长大后，他也学过照相，在井冈山革命根据地的重要组成地之一的永新县，为人家照相讨生活。攒了些钱后，而立之年的李庆荣又做起了小贸易，且一步步做大、做强，直至成立自己的贸易公司，现在在黑龙江、珠海、新余等地都有他的项目，成为让家乡人骄傲的人物。

水北商会第二届换届的时候，李庆荣当选为副会长。

从这一刻起，回报家乡、反哺水北的爱乡基因，在李庆荣体内彻底爆发。

一次回村，听说有几户人家的房子年久失修，开始漏雨，几位乡亲又无力修缮，李庆荣了解到实际情况后，上了心。若在过去，没有水北商会，自己也不是商会会员、副会长时，他可能会有所顾虑，担心好事做不成，落个适得其反。如今，他不仅责任在肩，更有豪气在胸，于是慷慨解囊，帮几户人家把房子修了。

"对我而言，几万块钱就能解决乡亲们的大问题，幸福得很！"人们跟他谈起这件事时，李庆荣如此笑答。

看到村里的众厅破烂不堪，像个褴褛的老人蹲在那儿，李庆荣主动找到村干部，得知村里只能出有限的资金后，他爽快地将剩下的全部兜了底。李庆荣不仅仅帮自己村里的乡亲。有一次，一个亲戚家有老人去世，李庆荣去亲戚所在的村吊唁，中午吃饭时，发现村里的众厅也是年久失修，开始漏雨了。于是，他又主动提出，帮这个村把众厅修缮一下。

"你只是我们村的亲戚哦，也帮？"有老人过来，握着李庆荣的手说。

"都是水北人嘛……"李庆荣笑道。

跟所有致力于回报故里的商会会员一样，李庆荣认为自己帮家乡做些事是应该的，是他这个漂泊在外的水北人的福分。每年若不做这些事，他会感觉心里空落落的，像是那里被挖走了一块最重要的东西。

这就是乡情。

最初，与商会大多数民营企业家一样，李庆荣也是有心回报家乡，却不知力发何处，基本上属于看到什么就兴冲冲地做什么，没个长期规划，像修补一堵老墙，哪儿有墙皮脱落，上去就抹一把水泥、刷一层涂料，搞得东一块西一块的，未能从根本上解决问题。

那年，看到村里还没有路灯，到了夜里，村巷中黑得像是坠入了洞穴，乡亲们走夜路十分不便，尤其是老人和孩子，很容易发生危险，李庆荣便自掏腰包，为全村装上了太阳能路灯。从这以后，再到了晚上，小村庄像是落入了白玉盘，那一盏盏明晃晃的路灯，不仅照亮了街头巷尾，更照亮了村民们的心，大伙儿聚在一起跳跳广场舞、下几盘象棋，再也不像过去那样，天一黑就很少出门了……还有一年冬季，李庆荣回村里办事，恰逢有街坊办喜事，要在众厅请客，用到的桌椅板凳、锅碗瓢盆，都是一家一户东借西凑的，颇费周折。李庆荣见状，索性掏钱买了六十张桌子、两百四十条条凳、两千只碗，一次性将这个问题给解决了。

都是些该做的事，做得也很顺手，却总觉得缺了点力道。

加入水北商会后，再反哺家乡时，李庆荣就有了规划，有了助力。

2023 年 5 月 14 日，一个晴朗的日子。上午，远塘村新建颐养之家的大门前，热闹得像在过节。

也的确是个节日，母亲节。

人群中，水北镇党委书记陈海宾，穿着水北商会红马甲的敖志良、陈木生、李庆荣等人，陪着村里的老人们有说有笑，开心得像一群孩子。有年轻人蹲在人群前，拉起一条大红横幅：

水北商会祝楼前村委远塘村颐养之家新建开伙大吉！

随即，商会成员们为远塘村颐养之家送上了五万元补助金，用来完善基础设施建设。

阳光为所有人镀上了一层温暖的喜色，站在队伍里，李庆荣被莫大的幸福感包裹，已是花甲之年的他，扭头看看身边笑逐颜开的老人们，回头望望宽敞漂亮的新颐养之家，突然看到了自己的晚年，那该是宁静、祥和、怡然自得的美好时光吧？

人啊，种下什么种子，将来就会收获什么果实。

其实，早在 2015 年，远塘村就建起了颐养之家，是李庆荣和几位从远塘走出去的民营企业家们捐资修建的，当时他们每人捐了三万元。但那时，颐养之家在水北还是新生事物，村镇经验不足，企业家们经验也不足，考虑得不是很周全，那所颐养之家不仅面积小、设施落后，还建在马路边上，老人们进进出出很不安全。

随着颐养之家在水北、在新余逐渐推广，新的思路、新的理念如雨后春笋层出不穷，李庆荣开始对自己村里的颐养之家不满意了。

也是一个节日，李庆荣代表商会回村慰问颐养之家的老人们，在门前与人闲谈时，见有位老汉正拄着拐杖朝颐养之家走来，那颤颤巍巍的样子，让人很是替他捏了一把汗。路上电动车、三轮车来来往往，有的还开得风驰电掣，与这老汉的一步一挪形成了鲜明对比。

这么下去可不行，万一有老人被车撞了，这颐养之家办得不就事与愿违了吗？

一个强烈的念头在李庆荣脑海中划过。

一不做二不休，他很快在村里选了处安静的地方，投资新建了目前这所颐养之家。这次，为了将好事办扎实，办得既让老人们满意，又能经受住时间的考验，李庆荣特意邀请了北京一家设计院的设计师，为远塘村量身定制了颐养之家的风格——现代开放式，简约时尚，营造一个宽敞舒适、美观大方的空间。最让人欣喜的是，门前还修建了一处小广场，周围种上了绿植，老人们吃过饭后，可以三三两两来这里散散步，再也不担心门前车来车往了。

此刻，站在人群中，看着想象的一切都已成为现实，李庆荣又怎能不开心呢？

39. 火焰

水北守着蒙河，年头不好，会闹水灾。若非如此，当年熊水华四兄弟也无须将熊坑新村的地基整体垫高了。然而，水北境内多属丘陵地带，除去蒙河两岸，大部分村子又处于缺水状态，尤其是饮用水。过去，打井的技术不是很强，打的井深度不够，基本打不出水来。各村只能建水塘，在水塘旁再挖上一口浅井，以泥土自身的净化功能，将塘中水简单过滤一下，权当生活用水。

眼瞅着蒙河水哗啦啦过境，自己却过着缺水的日子，水北人很是无奈。如此这般煎熬，直到 20 世纪 80 年代末，在政府的努力推进下，水北大部分村庄才基本解决了吃水问题。

黄坑村委下小水村，水北商会第十五联络处处长傅小冬的老家，就一度处于吃水困难的状态。

水北人重乡情，无论能力大小，都乐意为家乡做点事，小我和大我合二为一，人生的价值感才强，活着才有动力，才会觉得一切努力没有白费。加入商会前，1974 年出生的傅小冬在外经营企业，具备一定经济实力后，看到乡亲们吃水仍要去很远的地方挑，老人们更是不易，就想掏钱为大伙儿安上自来水，却又担心有人说闲话，更担心施工过程中碍到谁家利益，自己协调不了，好事做不成反倒沦为笑话，便耽搁下来。每次回村，碰到有老人颤颤巍巍地去挑水吃，他的心里很不是滋味，总觉得对家乡而言，自己是个不孝的孩子。

加入水北商会后，飞鸟入林、鱼儿遇水，傅小冬找到了队伍、寻到了组织，与水北籍的民营企业家们一起，为家乡建设出钱出力、奔走忙碌，再也没了过去的顾虑，很快赢得了乡亲们的认可——企业家们在政府的带领下，为家乡做事尽心尽力、不求回报，若再有杂七杂八的声音，乡亲们自己都不答应。

2015 年，傅小冬在新余市区承包消防工程建设，与水利专家接触多了以后，了解到更多的相关知识，发现若想解决村子的吃水问题，只要谋划好，也不是什么登天的难事。于是，他满怀真诚地跑去水利局，提出个人出资解决村庄用水的问题，得到了水利部门的大力支持，同时解决了水源村、途经村、下小水村三个村的用水问题，可谓一举三得。看到清澈的自来水流入家家户户，傅小冬感到莫大的幸福与满足，索性又为全村垫付了一年的水电费，其间有设备需要维修，也是派自己公司的工程师去做——乡亲们的眼睛是雪亮的，见傅小冬诚心实意为大伙儿谋福利，支持他的人越来越多。傅小冬趁热打铁，与村干部们一番谋划，又把村里的水塘修葺一新，对村容村貌也进行了彻底整治，下小水村旧貌换新颜，一下子变得漂亮、雅致了。

"水北商会真不错，能把你们这些企业家组织起来，做好事、善事、聪明事……"乡亲们当着傅小冬的面这么说,让他觉得自己瞬间高大起来。

更让傅小冬感觉自豪的,是水北商会回报乡土的理念不局限、不僵化,只要能促进本地区各项事业的发展,只要政府和乡亲们需要水北商会助力,民营企业家们就责无旁贷,不讲任何条件,做就是了。

那是 2019 年 7 月, 渝水区连降三天暴雨, 袁河水位急速上涨, 附近村庄告急。接到政府的汛情通报后, 水北商会第一时间召开会长办公会, 企业家们迅速商定好行动计划, 商会的党员会员、爱心会员以及工会、共青团、妇联的成员们, 组成了"抗洪救灾志愿服务队", 在党委副书记、会长邹细保带领下, 奔赴一线。

他们穿着红马甲, 像一簇簇、一团团跳动的火焰, 奔走在救灾一线, 点亮了陷于困境中的人们的眼眸；他们第一时间与蓝天救援、消防员等组成的救援队对接, 详细了解当前的形势和需要的帮助, 着力解决各支救援队的物资需求，指派商会成员迅速采购，及时运送到一线；他们搬运慰问物资，维持现场秩序，倾尽全力慰问一线抗洪救灾人员，将一份份热腾腾的饭菜送到救援队员的手中，为他们疲惫的身躯注入滚烫的能量。

提供午饭、晚饭、饮用水……水北商会的这些民营企业家们，竭尽所能地为脚下这片土地贡献着自己的力量。

一方有难，八方支援。

所有力量都在向灾区汇聚，商会的志愿服务队愈加忙碌。

谁也未曾料到，在这紧张的忙碌中，一个巨大的危险，正在向这些民营企业家们靠近，并带给他们极大的考验。

7月10日下午1时许，有一处铁路涵洞附近，积水已经十分严重，俨然成为一片凶险的湖面，浑浊的水面距桥底足有半人多高，受灾群众乘坐的急救船又必须从这个涵洞经过，这里变成了一个咽喉要道，一个令人胆战心惊的所在。

当时，傅小冬和兰少林、刘细根等人正在附近为救援队伍送饭。

突然，一阵阵惊叫声响起，将湿漉漉的空气撕开了一道道口子。

"不好，出事了！"第十三联络处处长兰少林叫道。

"船翻了！"第十一联络处处长刘细根也惊呼。

傅小冬扭头一看，不远处的水面上，一艘急救船倒扣在涵洞附近，浑浊的积水推搡着大片的浮萍，已将船上的群众吞没，现场一片混乱！

没时间考虑，也不容考虑，三人撒腿朝出事处狂奔。三件红马甲像三团炽热的火焰，急速向危险冲去。

兰少林跑得最快，第一个到了水边，他将手机丢在岸上，扑通一声跳入深水中，开始救人；刘细根则站在齐腰深的水中负责传递、拖拽；

傅小冬在岸边奋力将落水群众拉上岸……三人配合默契，忙而不乱。随后赶到的其他商会会员也迅速展开营救，有的帮着救人，有的负责维持秩序，防止救援现场出现混乱。

很快，几名落水者被救上岸，但其中一位六岁左右的小女孩已然脸色青紫、呼吸微弱。

"唉——老天爷不睁眼，这么小的孩子啊……"有人带着哭腔喊了一嗓子。

然而，傅小冬却没放弃，他懂得如何抢救溺水者，于是立即实施急救。又是一番与死神紧张、胶着的争夺，在他的不懈努力下，小女孩奇迹般恢复了意识，最终哇的一声哭出声来。

周围，有人激动得流下了热泪。

这时，兰少林、刘细根、傅小冬三人才发现身上已满是泥浆、浮萍，看上去有些狼狈。

但他们的内心，充满了力量。

水北镇尚未成立本土商会前，傅小冬一门心思创业，很少花时间去考虑"价值""贡献""存在感"等与生意无关的词汇。可是，自从加入水北商会后，"70后"的他，渐渐发现周围的人开始有了变化，随后的某一天，他感觉自己也发生了变化。这种变化像是瓜秧、藤蔓，由最初的嫩芽开始，慢慢延伸、慢慢攀爬，突然有一天，在你不经意的时刻，蓦然回首，它已葳蕤茂盛、开花结果。

在商会内，每个民营企业家的经济实力不尽相同，但在理念上，在为水北、为家乡做贡献上，没有高低之分，只要积极参与乡村建设，只要肯为乡亲们谋福利，在人们心中就都是好样的，就值得被点赞。

诸多事务中，协助村干部调解村里的一些矛盾，始终是商会会员们的一项重要工作，企业家们也乐意做这些事。

2018年的一天，正在公司忙碌的傅小冬突然接到村里电话，是村支书打来的。

"小冬啊，还得请你回村帮个忙啊！"一张嘴，村支书火急火燎。

"怎么回事？"傅小冬问。

"咱们村拆'三房'拆不下去啊……"电话里，对方的嗓子眼似乎要喷出火苗来。

傅小冬让他莫着急、慢慢讲，一个长话短说，一个侧耳细听，总算搞清楚了事情的来龙去脉。

党的十九大提出"乡村振兴战略"后，为打造"产业兴旺、生态宜居、乡风文明、治理有效、生活富裕"的新农村，新余市委、市政府把乡村环境建设、改善村民生活环境作为重点，于2018年3月中旬全面启动了农村拆"三房"、建"三园"工作——拆除空心房、危旧房、违章房，在空闲地上建果园、菜园、花园。

在水北各乡村，因大多数青壮年已外出务工，更不乏定居外地者，村里出现大量的空心房、危旧房，无人打理，破旧不堪，不仅影响农村环境、存在安全隐患，也对土地资源造成浪费；违章房就更不用说了，原本就该清理拆除掉。

各级一番动员，初期行动也很果断、迅速。

但毕竟涉及个人利益，真到了村庄这一层，难度陡然增大，推进不下去了。

下小水村九十多户、三百多人，算不上大，按理说还不是工作重点，但村干部考虑到傅小冬在村里威信高，想请他带个头，打开一个突破口，只要下小水村先动起来，僵局变活局，其他自然村就好办了。

"咱们黄坑村委，这项工作不仅要按时完成，还不能出任何问题，咱要拆得圆满，建得漂亮……"村支书很是诚恳，"所以，还请小冬你带个头，你们水北商会的人，有这个影响力，也有这个能力！"

傅小冬想了想，答道："没问题，我来办。"

第二天，他就回了村里。

当然要了解具体情况。

傅小冬先是去了村委，认真学习了拆"三房"的有关政策，详细了解了什么样的房子必须拆，拆完怎么补贴，后续建设怎么搞，等等，做到了心中有数。接下来，他以水北商会内的本村会员为基础，在村干部的支持下，成立了拆"三房"专门理事会，傅细生当选理事长。

理事会成员们走到村民中间去，认真听取大家的声音，最后总结，发现乡亲们分成两派，泾渭分明。

觉得不能拆的认为：所谓的"三房"，都是祖辈留下来的基业，起码是个标志，既是地理标志，更是精神标志，留住了这些老房，就像黄坑古村那样留住了乡愁、留住了念想，不能拆，坚决不能拆。

支持拆"三房"的，态度也很明确：很多老宅旧屋早已无人居住，破破烂烂、摇摇欲坠，留着不仅影响村容村貌，也存在随时倒塌的危险，这哪儿是什么乡愁？乡愁，依托的是宜居的房舍、整洁的村貌、清澈的河流以及房前屋后枝繁叶茂的香樟树……

一番考量，傅小冬清楚该怎么做了。

"我看谁敢拆我家房子！"房主在电话里怒吼。

事情还没开始，傅小冬、傅细生就碰到了硬茬儿，对方还是傅小冬同一族的，夫妻俩都在外地，家里只剩一位九十多岁的老母亲留守。每年，水北商会都会安排傅小冬带队来看望老人家，房主夫妻俩是知道的。

于是，傅小冬、傅细生相继把电话打了过去："不是要拆您家的新房，是新房旁边的违建房……"

"哪里违建？什么违建？凭啥说我违建？"房主虽然仍不满，但语气缓和了些。

"您新房旁边搭的厨房，按规定就属于违建房……"傅细生耐心解释说，"要不，您回来看一看，咱们现场解决一下？"

"小冬、细生啊，你们水北商会怎么掺和这事呢？"对方突然问。

"我家里也涉及拆除老房嘛，建设新农村，大伙儿都乐意，水北商会当然也要出份力……"傅小冬笑着说。

对方不再说什么。到了下午，夫妻俩就急匆匆赶回了村子，见傅小冬自己家涉及危旧的建筑早已拆除，且上级下发的明白纸一目了然，也就无话可说。该处违章建筑得以顺利拆除，恢复了原貌。

焕然一新的黄坑村（赵启琛　摄）

第十三章

全面堡垒

动力设施架构完备，导航早已开启，水北商会这列"高铁"开始风驰电掣。

············

在党委书记邹细保的带领下，简蜂和班子成员一起，"举党旗、抱团干、带民富"，将水北商会的各项工作做得风生水起。

2019 年下半年，因工作需要，周金林调离水北商会。

任命党委副书记、会长邹细保为党委书记后，2020 年元月，新余市委组织部又将党务干部简蜂派驻水北商会，任党委专职副书记。

此时，在党建工作的引领下，水北商会已然度过青涩期，变得成熟稳健了。

41. 柔情坚固

接到通知后，简蜂既兴奋又忐忑。

三十几岁的她，干练、洒脱，婉约而不失豪放，在同事们心中，始终是一阵风、一团火，飒飒爽爽的样子。但是，商会与政府机关，完全是两个概念、两种环境。简蜂担心自己不能适应，不能有效开展工作。

赴任之前，她做足了心理准备。

新余市不大，但人杰地灵，古有史学家习凿齿，近有国画大师傅抱石、医学泰斗何大一。单就水北镇而言，也是人才辈出，古有隶属江右商帮的黄坑商贾，今有"精工水北，信义天下"的水北商人——这些民营企业家，靠摸爬滚打、拼搏实干，成就了一番事业，经历过那么多风风雨雨、那么多商海鏖战，再加上水北人骨子里的彪悍，性情可想而知。

简蜂清楚，与这些企业家们并肩做事，仅凭掌握的理论知识，远远不够。无论怎样，水北商会这扇大门已经轰隆隆向她打开，进去后，是四两拨千斤、游刃有余，还是两眼一抹黑、四处碰壁，就看她自己的了。

水北人倔强，简蜂也不柔弱。

但是，当她的双脚第一次踏在水北商会宽阔大厅的地板上时，还是

水北商会办公大楼

觉得有些发飘，像踩在了海绵上。

熟悉的工作内容，熟悉的工作流程。

陌生的工作环境，陌生的工作对象。

小忐忑、小迷茫、小紧张、小纠结中，简蜂开始了她在水北商会的新工作。不久后，无意间听到商会党委副书记、常务副会长敖小海说起的一件事，像一把锋利的剑，欻地劈开了简蜂的心结。

悬着的心，瞬间归位。

脱贫攻坚阶段，每年春节前，水北商会都要安排各联络处分头走访慰问贫困户，覆盖全镇所有行政村。各村村干部会提前将贫困户的情况统计好，交予商会。

有户人家，日子本就过得一般，屋漏偏逢连夜雨，家人又突遭车祸，有限的积蓄哗哗朝外淌，很快见了底。

带队的敖小海与会员们先去了这户人家。

富可以藏，贫无法躲。

进了院，入了屋，满目凌乱、凄苦，病人躺在床上，愁容锁在亲人脸上，生活，对这个家庭而言，已然举步维艰。敖小海等人看得心酸，小心翼翼奉上慰问金、慰问品，还不忘再三叮嘱，有困难随时来水北商会找他们。之后，步履沉重地出来，准备前往下一家。

车上，几人颇多感慨，敖小海内心更是波澜起伏——不管社会发展到何种程度，不幸总会存在，像这样的家庭，一旦陷入恶性循环，若无外力扶助，单凭自身很难摆脱困境……

人心忧虑，村巷狭窄，车行缓慢。

车窗外，树木、院落、屋舍，一切皆像父母那熟悉的身影，苍老而令人挂念。望着望着，敖小海的心愈加沉重，那些影子像有了重量，将他的心一寸一寸往下拉扯。

车子突然停住。

司机解释了状况。

原来，前面不远处，路旁有个妇女，本是站在自家院门前的，见他们车子驶近，突然弯腰拖起一截碗口粗的枯树，紧走几步，猛地扔到路中央，将路堵上，车子过不去了。

敖小海定睛向前望去，见那妇女操着一把旧斧头，单腿踩住树干，正噼噼啪啪地砍斫，像在对着枯木撒气。

"表嫂，能不能先让我们过去？"敖小海降下车窗，探出头朝妇女喊道。

那妇女不为所动，仍埋头对枯树宣泄着情绪。

敖小海以为对方听力不好，于是下了车，走到近前，奉上笑脸，说："表嫂，先让我们过去一下，您再忙可好？"

"不好。"妇女声音不大，冷若冰霜。

敖小海一愣，心想这是有事儿啊。

"为啥呀？"他笑着问。

"你是商会的？"

"没错，您咋知道？"

"都知道你们水北商会在慰问贫困户，"妇女停下手中的活儿，直起腰，脸色铁青地盯着敖小海，"村里不公，你们也不管不问。"

"怎么个不公？"敖小海诧异。

"我家才是这个村最穷的，为啥你们找别家，偏偏不找我家？"妇女气冲冲质问。

打量妇女的衣着，再看看她家的院落、房屋，敖小海觉得对方并非无理取闹。"村委为啥没报你们家啊？"他关切地问。

"还不是我老公经常跟村委会抬杠，他们故意不报我家。"妇女火气不减。

敖小海听罢，明白了事情大概，笑道："表嫂，这就是你家不对了。村委会是为大伙儿服务的，你老公不尊重他们，专门抬杠，起反作用，村里当然不会报你们家啦。"他想了想，又耐心解释道："对村委会有意见，可以提，但不能无理取闹，否则，商会肯定不会资助你家……"

妇女慢慢红了脸。

"表嫂，您回去后，劝劝你老公，听党话、跟党走，我保证明年你们家能轮到。"敖小海又说。

话说到这儿，妇女不再言语，俯身将枯树拖回了路边。敖小海也没急着上车，而是随妇女进她家看了看，又详细了解了一些情况，安慰了几句，才出来继续行程。

第二年，敖小海特意询问了这个村的书记，得知过去一年，这户人家果真遵纪守法、本本分分，未再给村委会出任何难题。于是，再带队去这个村慰问贫困户时，敖小海亲自走访了这位妇女的家，将一千块钱慰问金和一些慰问品，郑重地交到她手中，并表示今后还会来帮扶她的家庭。

敖小海讲的这件事，在简蜂心头萦绕了许久。

她欣喜地发现，在商海斗过大风大浪的民营企业家们，不仅赞同党的政策、维护党的形象，助力乡村振兴的愿望同样强烈。

这一点，是商会工作的基础。

让简蜂更觉得踏实的是，水北商会的组织架构早已搭建完备。

2018年上半年，时任商会党委书记周金林考虑到党建工作要有具体抓手，经多方协调、请示，在会长邹细保和其他班子成员的支持下，水北商会陆续成立了工会、团委和妇联。

水北商会党建工作的舞台，宽阔、平展地矗立于眼前，简蜂所要做的，是在这个舞台之上充分展示自己，与商会会员们并肩跳出一组精彩绝伦的群体舞，唱出一曲高亢激昂的大合唱。

42. 动起来

动力设施完备，导航早已开启，水北商会这列"高铁"开始风驰电掣。

学习贯彻习近平总书记考察江西重要讲话精神，赴井冈山革命教育基地接受红色教育，开展自我警示教育，组织主题党日活动，收看党的十九大、党的二十大开幕会，宣讲党的十九大、党的二十大精神，召开民主生活会……

在党委书记邹细保的带领下，简蜂和班子成员一起，"举党旗、抱团干、带民富"，将水北商会各项工作做得风生水起。水北籍的民营企业家们，像平原长大的孩子第一次冲进茂密的森林，惊讶地瞪大了双眼——原来，生活还可以如此精彩、博大而充实！

在这种氛围的浸润下，1969 年出生的工会主席傅浪杰，浑身像被注入了新能量，有使不完的劲儿。商会里，很多会员是搞房地产开发的，为了将"精工水北"发扬光大，更好地抱团发展，在商会党委的引导下，傅浪杰他们每年都选人参加新余市总工会组织的行业技能大赛。

水北人很看重这项比赛。

木工、泥工、油漆工、钢筋工……由各会员企业推荐的工匠师傅们，这些为社会基础设施建设做出过巨大贡献、却一直隐藏在繁华背后的普通劳动者，也有了展示自己的舞台。

皆是实战性的实力较量，谁英雄谁好汉，赛场上比一比、看一看。

参赛队员们携带各式工具，来到事先选定的场地上。这是一张张黑黝黝的脸，一张张不服输的脸，一张张饱含激情的脸。只待一声令下，各个工种的大比拼，同时展开。

泥工比速度、比砌角，不仅要看谁第一个砌完，还要看谁砌得垂直偏差最小，对墙面平整度、灰缝间隙度精确到毫米的挑剔，更是考验水北人精益求精的工匠精神；钢筋工，不仅比谁绑扎得快，还要看扎的竖直度、钢筋的空隙度，要均匀、要扎紧……几项都比别人标准高，才是好师傅。

这是技巧与力量的比拼，也是职业素养与意志力的比拼，谁都不甘落后。

这样的比赛，激发了商会会员们的参与热情，凝聚了人心，强化了企业竞争力，增加了人们对水北商会所承建工程项目的信任感，购买由商会会员承建的房产项目时，心里会更踏实。

不仅搞"精工"比赛富有自身特色，在脱贫攻坚阶段，参与商会组织的贫困户帮扶工作，工会同样干得有声有色。大项工作内容，诸如谋划扶贫产业、推广致富项目、建设美丽乡村等，在水北镇政府的引导下，商会可以统一组织、统一实施，工会则以民营企业家特有的机动性、灵活性，以小分队的形式，搞了个"捐资助贫圆梦"行动。

规模虽小，内容不少，所含情感更丰富。

每年，在水北镇的统一调度下，工会定期联系各村委，请他们收集贫困户的小心愿、小梦想，一张床、一张桌、一台电风扇、一把热水壶、一个电饭锅……只要是生活必需品，都可以，每户的金额控制在六百到一千元左右。详细情况收集上来后，工会再选择时间，组织人员去村里逐一核实，确认无误了，按照统计后的金额，发动会员募捐，然后用筹集到的资金去购买贫困户所需物品。

2020 年之后，脱贫攻坚任务如期完成，但水北镇还有脱贫监测户，对这类群体，傅浪杰他们仍继续开展"圆梦"行动。

十月，秋高气爽，稻菽又现千重浪。

收获的季节，傅浪杰组织会员们将捐资购置的物品仔细地装了车，分成若干小组，将乡亲们的心愿之物送到各自然村，再由村干部按照统计表一一发放。看到乡亲们抱着心心念念的物品，脸上溢满笑容，傅浪杰等人也发自内心地高兴，感觉一切努力没有白费，又为家乡人做了件

水北商会走访慰问颐养之家

实实在在的事情。

谁都会说俺家乡好，但不是谁都能为家乡做些实事的。

如傅浪杰这样的民营企业家们，像孩子爱父母那样，对水北有着强烈的依恋，他们乐意为家乡、为村庄多做点事，多做点接地气的事，多做点带民富的事，在这个过程中，他们能体验到世间最美好的情感。

这是一个双向奔赴的过程。

过去，看到乡村一年年衰老、一块块缺失，他们的心房也在一点点坍塌，却又支撑乏力。如今，商会将分散的力量凝聚起来，配合镇党委、镇政府去改变这种局面，使他们坚信，水北的村庄一定会长久、美丽地伫立在原地，像母亲那样，等待他们这些儿女归来。

作为儿女，谁不希望自己的家乡越来越美呢？

人心所向，工会、团委、妇联，纷纷行动起来。

他们陆续走访水北五十一个颐养之家，为老人们送去蔬菜、肉类、粮油、现金，与老人们围坐一桌，吃吃"家里饭"，聊聊家常，似儿女绕膝承欢；他们定期到水北敬老院探望老人们，帮着院里解决各种实际问题，每年重阳节，老人们提前好多天就开始期盼这一刻；他们倾情慰问贫困家庭，援助困难大学生，关爱福利院特殊儿童，为水北中学、钱圩小学等学校的孩子们送去换季的校服……他们像一轮轮小太阳，持续温暖着水北大地，令这里愈加花团锦簇、芬芳迷人。

43. 值得

团委书记兰艳兵至今记得，那是个阳光灿烂的日子，春姑娘早已将水北的田野唤醒，有鸟儿在不远处的树冠中跳跃、啁啾，有微风在人群中穿梭、在地面上打滚儿，将湿润的气息撵得到处跑，有的滋润了脸庞，有的钻进了肺腑，让人感到温暖、舒坦。

阳光下，兰艳兵正与会长邹细保合作，将一棵小树栽到挖好的树坑里。邹会长扶着树苗，他往里面填土。土壤很松，让他想起了松软的锯末，于是用脚使劲朝树坑里踩了踩，抬头时，发现身边多了条身影。逆光，让对方的面孔有些模糊，兰艳兵一时有些蒙。

"我就知道是你们。"身影开口说话了，声音颤颤的。

兰艳兵仔细一看，喜出望外。

"邹会长，这就是邓文萱的外婆。"兰艳兵先给邹细保介绍，接着又说，"这是咱水北商会的邹会长。"

邓文萱的外婆搓搓手、抻抻衣襟，"你们水北商会这样的……"老人朝邹细保竖起了大拇指。

邹细保有点不好意思地笑了。

兰艳兵拉着老人的手,像握着自己外婆的手,温暖、粗糙、微颤,令他有些酸楚。"这么多人,您是怎么找到我这儿的?"说着,他看了看周围正在植树的商会会员们,"好几百人哪。"

邓文萱的外婆擦了擦眼角,笑着说:"找你们的旗子啊,团委的旗……我是识字的。"

这次商会组织植树,植树区离村庄有很长一段路,老人先是看到商会的旗,再寻着团委的旗,深一脚浅一脚找过来,就是为了看看他。

兰艳兵不禁心头一热。

兰艳兵,水北镇石上村委兰村人,父母都是农民。

从水北中学毕业后,兰艳兵考上了江西师范大学,报考的是新闻专业。水北人嘛,骨子里有闯劲,不怕往外跑,不怕往远处跑。他最初的理想,是当个国际体育记者,妥妥的文科生,却因喜欢打篮球,喜欢那种挥汗如雨、驰骋球场的感觉,阴差阳错成了体育生。毕业后,他又进入金融行业,后来认识了水北商会首任会长熊水华,发现商会是个非常好的发展平台,2016年欣然加入商会,负责融资这一块。

商会成立团委后,大家认为兰艳兵年轻、有活力,组织能力也强,一致推选他担任团委书记。任何一个团队,年轻人都是春天、是希望、是八九点钟的太阳,水北商会最终是他们的。团委又成立了青年联谊会,兰艳兵兼任会长,为让商会青年们增进了解、培养友谊,他动了不少脑筋。

新余市西南郊十六公里处,有一汪美丽的湖泊,万顷碧波、水天相连、岛屿密布、风姿绰约、山水缠绵、曲径通幽,是一处风景名胜区。据考证,远在新石器时代，人类就在湖泊周围繁衍生息，留下深厚凝重的文化积淀和人文胜迹——在世界科技史留下过浓墨重彩一笔的明朝科学家宋应星，正是在此任教谕时撰写了《天工开物》。

关于此湖泊的传说，更为美丽动人。

东晋文学家干宝所著《搜神记》中，有如下描述：

豫章新喻县男子，见田中有六七女，皆衣毛衣，不知是鸟，匍匐往，得其一女所解毛衣，取藏之，即往就诸鸟。诸鸟各飞去，一鸟独不得去。男子取以为妇，生三女……

这就是"七仙女下凡"的神话传说。

这一汪静美湖泊，也有了"仙女湖"的美名。

兰艳兵的妙点子，正是在仙女湖里做"文章"。

团委在仙女湖租了艘游艇，策划了一条长达两个多小时的游览线路。兰艳兵的想法很简单，也很实用：一帮年轻人在船上待两个多小时，你一言我一语，你帮我拍拍照，我请你去 KTV 高歌一曲，不熟也熟了。大家都是水北人，面孔熟悉了，脾气性格了解了，聚在一起，更容易做成事。

团委的工作，把年轻人的积极性调动了起来，让水北商会中那些年龄大点的民营企业家也充满了活力，感觉整个群体都年轻了。

年轻人富有活力，做事态度也很严谨。

精准扶贫阶段，担心收上来的贫困孩子的信息不准，商会团委没有马虎带过，而是组织会员们去水北中学亲自找。正是这个过程中，他们发现了生活的另一面，看到了阳光照不到的角落，遇到了几个亟须救助的孩子。

女孩邓文萱就是其中一个。

邓文萱的妈妈因病早逝，爸爸又独自去了广西，走后再也没回来过。邓文萱的至亲仅有一个外婆，祖孙俩相依为命，艰难讨生活。

没妈的孩子，成为风雨中无遮无挡的一株小草。

正上小学的年纪，孩子对亲人十分想念，一直想去广西找爸爸，苦于没有钱，只能偷偷捧着妈妈的相册掉眼泪。

商会团委将邓文萱列为帮扶对象。

那天，兰艳兵带着妻子去了邓文萱的家里。冷清、凌乱的老屋，因他们的到来，有了些暖意。

孩子看到他们，有点认生，你问一句，她小声答一句，样子怯怯的，像受过惊吓的小猫。当孩子又抱着妈妈的相册流眼泪时，兰艳兵的妻子也落下了泪滴。这么小的孩子，失去父母的关爱，太可怜了，可怜得像倒春寒中的小花蕾，令人揪心，令人心痛。

邓文萱的外婆，早已红了眼圈。

临别时，兰艳兵掏出六百元钱，放在外婆手中，劝老人坚强些。

小文萱清澈而忧伤的眸子中，霎时点亮了两颗小星星。

"外婆，您不是说，找爸爸要花好几百块钱吗，叔叔给了，咱们有钱去找爸爸啦！"对亲人的思念，将孩子的胆怯压了下去。

兰艳兵心中最柔软的地方，被一只小手用力捏了几下。

水北中学是一贯制学校，商会团委从学生中选出几个家庭最困难的孩子进行长期帮扶，邓文萱只是其中一个。还有个孩子，父亲在工地上打工，出了事故，人不幸没了，孩子妈妈熬了没多久，便离开了婆家，孩子只得跟爷爷奶奶生活；也有的孩子，因家长本身有缺陷，不幸又遗传了这种缺陷，从出生那一刻起，便注定不会拥有正常的人生……

幸福的童年大致相同，不幸的童年各有各的不幸。

这些可爱又可怜的孩子，让团委的女会员们看到就忍不住掉眼泪，年轻人自发捐出几万块钱，由青年联谊会的一位老师负责管理，对这几个孩子进行持续资助。

关爱孩子，就是关爱水北的未来。

青年联谊会在组织会员们外出踏青、去葡萄园采摘时，总会记得这些被帮扶的孩子们，只要孩子们有时间，就会带上他们，陪他们一起玩，逗他们开心，让这些情感上有缺失的孩子们感受到来自商会团委、来自社会的爱与温暖。

生活本有残缺，这些年轻的企业家们在努力修补。

在商会团委的关照下，被帮扶的孩子们渐渐有了改变，从最初的见人就躲、紧张得说不出话，变得乐观开朗起来。

春日的一天，兰艳兵与妻子又来学校看望孩子。

校园内，有两个被商会帮扶的小女孩正在操场上和同学们快乐地奔跑，像充满活力的小鹿。远远地望着，感慨潮水般涌上兰艳兵心头，他轻声对妻子说："咱们做的事，很有意义。"

妻子眼含笑意看看丈夫，用力点了点头。

"这两个女孩，像正常家庭的孩子那样健康成长，咱们就算帮了四个家庭。"兰艳兵又说。

"是的。"妻子应道。

"倘若她们因目前的困境，失去对生活的热爱，受不到良好教育，将来误入歧途的话，或许毁掉的就是几个家庭……"

"你这个账，算得——挺长远。"妻子赞道。

兰艳兵笑了。

这个账，他算得对。

44. 种幸福

"活了这么大，我还从没上台表演过，你就放过我吧。"

这一年的商会年会上，副会长敖志良向妇联主席敖金凤连连讨饶。

每逢年会，为增加团队的凝聚力、向心力，商会妇联会将所有企业家们组织起来，搞大合唱，搞集体舞蹈，搞诗歌朗诵，让这些少有舞台经验的民营企业家们，尝试一把闪亮登场、倾情表演。敖志良是个内敛的人，在女会员们面前甚至有些腼腆，说啥也不愿登台。

"您是副会长，必须上台！"敖金凤干脆地否决了。

没办法，敖志良只能硬着头皮上。不仅是他，会长邹细保，副会长钱小云、符夫生、敖宏斌，以及各个联络处的处长，谁也跑不了，都被妇联的女同志们撵上了舞台。放下企业家的面子，放下会长的矜持，放开男人的歌喉，展示男子汉的气魄，一番表演下来，大大小小的企业家们仿佛换了个人，一个个笑逐颜开，纷纷表示不仅好玩，还很锻炼人。

凭借水北人的性情，敖金凤以最快速度，打开了妇联的工作局面。

1976 年，敖金凤出生在水北镇新桥村。九岁时，因父亲工作变动，她离开村子，去了北岗乡——仍与水北毗邻。虽说离开了水北，但水北人敢闯敢干、雷厉风行又不乏细致缜密的性格，在敖金凤身上体现得淋漓尽致。

当年，从江西师范大学毕业后，敖金凤成了一所偏僻小学的老师。她的爷爷曾是教师，父亲也是教师，家族血脉流淌着教师基因，到她这儿，理所当然还要从事教师职业。只是，成为小学老师后，敖金凤仅干了几个月，便觉得小学教育并不适合自己，果断辞职，进入一家幼儿园，成为一名幼师。

终是没离开一个"师"字。

20世纪90年代，学前教育尚未引起广泛重视，送孩子上幼儿园的观念仍显淡薄，敖金凤所在的幼儿园，小朋友才四十多个。但她干得很投入，很用心。后来，她工作经验越来越丰富，成为园长，干脆将幼儿园承包下来。随着国家发展速度加快，入园的孩子逐渐增多，幼儿园开始外扩。一所不够建两所，两所满了建三所，从幼儿园到培训学校，从零岁到十八岁的全程教育，敖金凤全部做了起来，且做得声名鹊起。

作为水北女人，敖金凤飒爽、要强，敢于拼搏的状态不让须眉。

怀孕期间，恰逢幼儿园扩建，敖金凤挺着孕肚，照样跑前跑后，哪件事都没耽误。她不仅事业上要强，还有一颗善良柔软的心，热心公益事业。2008年汶川大地震发生后，她组织了一次募捐活动，筹集了善款四万多元，用以支援灾区重建。募捐活动结束的第二天清晨，无意中发生的一件事，让她受到心灵感召，坚定了从事公益的信念。

这天起床后，敖金凤为家人做饭，像往常那样煮了几颗鸡蛋。水开翻滚，有鸡蛋破裂，泛起白色泡沫，那些细小的泡沫在锅中喧嚣、涌动，躲闪着滚烫的热水，竟神奇地躲出了一个形状——心形。

忙碌中，敖金凤瞟了一眼锅内，看到了这个大大的、热热的"心"，她的心也随之被触动了一下。

水北商会妇联关爱儿童活动

幸福的感觉，幸福的想象，催生幸福的行动。

其实，心有所想，才会目有所见。从这以后，敖金凤更乐于做慈善了，哪里有需要，她就去哪里。敖金凤的丈夫也是一位民营企业家，从他那里，邹细保会长得知了敖金凤的情况，邀请她加入了水北商会。

在水北商会，爽朗的敖金凤很快受到会员们的欢迎。

2018 年 4 月，大家推选她担任妇联主席。

在商会党委的指导下，敖金凤将妇联的工作分成了三大板块：关心留守儿童、关爱留乡老人、关爱商会的女会员。

新时代的妇女，何止半边天！

她们要用女性特有的温柔与细腻，让水北的天更蓝、地更美，让水北人的生活更甜蜜。

2019年"六一"儿童节，商会妇联搞了个"一日父母"活动。

她们在水北选了十名留守儿童代表，派车将孩子们接到商会，由十对男女会员认领，分别做孩子们的"爸爸妈妈"。在启动仪式上，这些"爸爸妈妈"们，将书本、书包、拉杆箱一一送到孩子们手中，让小家伙们很是惊喜。

接下来，他们又带着孩子们去了仙女湖的摩尔庄园，痛痛快快地玩了一天。在这个过程中，一句句贴心的话语，一句句真诚的解释，如春风化雨，渐渐解开了留守儿童心中大大小小的疙瘩。

"爸爸妈妈不在你身边，是去打工挣钱了，挣了钱，你才能更好地上学。不在家，不代表不爱你……"

"孩子，有什么心愿想要实现的，可以跟叔叔阿姨们说。"

受到鼓舞，孩子们的话多了起来。

敖金凤身边的小女孩——正上小学四年级的胡可心，怯生生说出了自己的心愿。

"阿姨，我没其他愿望，我爱学习、爱看书，最喜欢去图书馆，可是咱们水北镇没有图书馆。"可心说完，眸子中的光暗淡下去。

孩子的话，敖金凤记在了心里，活动结束后，她找到了会长邹细保。

"邹会长，咱们在水北建了众厅，建了颐养之家，建了桥、修了路，建了新学校、新科技大楼、新幼儿园，但咱还缺一样没有建！"敖金凤快人快语。

"缺哪样？"邹细保好奇地问。

"咱们建的都是硬件，还需要有软件去撬动这些硬件。"敖金凤笑道。

"啥软件？"

"精神食粮，精神营养！"

"直说。"邹细保也笑了。

"在水北中学附近，商会能否考虑建个图书馆？这样，孩子们就有地方借阅图书了，乡亲们若想查些资料，也可以去。"敖金凤说出了想法。

"百密一疏！"邹细保拍了下手，"商会还真没想到这点。"

很快，在水北镇建一座图书馆的事项，提上了商会党委议事日程。此事，也给民营企业家们提了个醒。

"听说，妇联牵头，要在水北建个图书馆？"有会员说。

"是。"有人答。

"看来，还是女同志想问题细致。"说者赞道。

"就是，过去呀，咱们为村庄建了这、建了那，愣是没想到这个层面！"

"乡村振兴，不光体现在物质上，精神上振兴更重要！"

水北人认准的事，说干就干。项目随即上马。

最初，邹细保认为捐资三万元应该够了，敖金凤却不这么想，从选址、

设计到室内装修，她全程参与，在妇联女会员们的协助下，瞄准建一座百年书院的目标，项目开始步步推进。

"半边天"们的行动，令商会的男会员们刮目相看，大家一致同意加大资金投入。最终，一座建筑面积四百多平方米，投资七十多万元的颖江书院，优雅、别致地矗立在了水北镇颖江大道南侧，西行百十米，就是水北中学。

在颖江书院的建设上，敖金凤耗费了大量心血，尤其那些图书，都是她带着妇联的同事们从网上精挑细选的，涵盖了诸多种类，尤以文学名著居多。这些书籍，像荡涤心灵的清波，流进了水北人的心田。

"水北商会，就是要把新余城里的教育，搬到水北乡村去。"敖金凤如是说。

她认为，只有心灵美，水北才会更美，乡村才会更美。

第十四章

补天

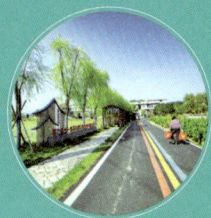

中国，有着"补天"传说的国度——女娲炼五色石飞补苍穹，虽是神话传说，却蕴藏着中华民族自强不息的品格，"补天"的思维，已融刻在中国人的基因里。

天下兴亡，匹夫有责。

正是有了这些对生活漏洞"修修补补"的人们，我们才得以战胜各种磨难，由自立走向繁荣。

水北商会的优秀民营企业家们，补的则是水北这片"天"。

中国，有着"补天"传说的国度——女娲炼五色石飞补苍穹，虽是神话传说，却蕴藏着中华民族自强不息的品格，"补天"的思维，已融刻在中国人的基因里。

天下兴亡，匹夫有责。

正是有了这些对生活漏洞"修修补补"的人们，我们才得以战胜各种磨难，由自立走向繁荣。

水北商会的优秀民营企业家们，补的则是水北这片"天"。

45. 以心换心

在水北，有个特殊的"小"群体——"失独户"。

当年，这些家庭响应育龄夫妇只生育一个孩子的政策，在计划生育管理部门申请办理了独生子女证，成为光荣的独生子女户，为国家做出了贡献。然而，人生漫漫，波谲云诡，或因疾病，或出意外，这些夫妇的孩子不幸夭亡，使他们成了令人唏嘘的"失独户"。

这样的家庭，夫妻双方大多已年近花甲，很难再有孩子。人至晚年，膝下无人承欢，精神无处寄托，未来失去保障，显得愈加凄凉。

"失独户"，在水北镇有十几家。

人数不多，却引起水北商会的关注。

又一年中秋节，常务副会长兼秘书长敖小海回到老家新桥，进了一个农家院落，主人夫妇即为"失独户"。

敖小海等人刚进院，双鬓飞霜的夫妻俩就迎了出来，脸上带着朴实的笑，眸子闪着晶莹的光，像迎接远方归来的亲人。坐下来，抽根烟，喝杯水，聊聊彼此近况，谈笑间，谁也不去触碰那个敏感的话题——敖小海觉得，自己和同行的商会会员们，是替那个意外逝去的孩子坐在这里，是替孩子在同阴阳两隔的父母对话，这种感觉很奇妙、很神圣，也让人感到很沉重，他必须字斟句酌，以免刺痛这对夫妻的心。

坐了一会儿，瞅准时机，敖小海站起身，将商会给予"失独户"的慰问金交到老两口的手中。

"多注意身体，万一哪儿不舒服了，该去医院就去……有事了，给我们打电话。"敖小海说。

"我听说，有个村像我们两口子这种情况，老婆子生了大病，是咱们商会给托的底？"面容有些憔悴的老妇人问。

"没错，在政策性报销的基础上，剩下的，水北商会负责，也算我们尽点责任。"敖小海解释说。

"还有个事儿……"老妇人欲言又止。

"您说吧。"敖小海微笑道。

"是这样，"老妇人红了脸，"今年，我俩都满六十岁了。"

敖小海霎时明白了。

为照顾这些"失独户"，水北商会推出一项新举措，只要这些特殊家庭的成员满六十岁，村里有颐养之家、本人也愿意入家用餐的，皆可前往，费用由商会承担。

"您是想去颐养之家用餐对吧？"敖小海问。

"是。"

"没问题。一会儿我跟他们说一下，你们老两口去就可以了。"

"我们可以交点费用。"老妇人急忙说。

"不用，去就好了，费用由商会来解决。"敖小海解释说。

"水北商会真好！"老夫妻异口同声地说，眼里闪动着晶莹的光，闪得人心里酸酸的。

从老夫妻家中出来，敖小海没急着上车，驻足望了会儿，见老夫妻已经回屋，他一个转身，进了邻居家。

进了门，男主人正在院里干活，见他进来，笑着放下手中活计，站直了身体。

"来看看啊？"男主人说。

"是。"敖小海答。

"今年风调雨顺，两口子没啥事。"男主人笑道。

"那就好。"敖小海说着，掏出五百块钱递了过去，"这是明年的联络费。"

"不用了吧？"男主人摆手道。

"必须拿着，不是我个人出的，是水北商会。"敖小海说着，将钱塞到男人手里，"你就住他们隔壁，若老两口有啥不舒服，作为联络员，请务必第一时间给村里诊所打电话，然后跟镇政府汇报，再打给我们商会，这三个电话打出去，你的责任就算尽到了。"

"放心，这点事早记心上了，商会不给钱，我也会办好的。"男主人笑着把钱装进了兜里。

"多费心吧。"敖小海郑重说。

"你们更费心。"男主人也郑重道。

关照"失独户"，仅是水北商会众多帮扶行动中的一项。

端午、中秋、重阳、春节……中国人最重视的几大传统节日里，乡村老人，尤其那些独守旧宅的老人，面对空寂的房间、寂寥的院落，孤独感会如影相随，又无处倾诉。

心穷，比人穷还可怕。

这些老人们，更是水北商会关注的对象。

在老人们最易感伤的日子，商会妇联会及时组织一些富有创意的敬老活动，将这些老人们请到一起，为他们安排一场戏剧演出，献上一份精心准备的水果拼盘，老人们一边赏戏，一边品尝新鲜水果，沉浸于欢乐的氛围，不知不觉中，儿女们不在身边的精神缺失，被悄悄弥补、填充。

老人们非常感激水北商会的情感陪伴。一次，演出结束时，有位老人握住了妇联主席敖金凤的手，激动地说："你不光人长得美，心也很美。"

也有老人握住会长邹细保的手，夸赞道："邹会长啊，你们水北商会真好！"

毫不吝啬的夸奖，令邹细保红了脸，也暗下决心：下次，还要更好！

他和他的同行者，一直在努力。

46. 桑榆雅致

夕阳缩到了村子另一端，眼看就要坠入苍茫的地平线。

水北镇南陂村委四年村的村东头，一栋二层小楼左右不挨地矗立在余晖中，八十三岁的老汉张强华正在房后的小菜园里打理老伴种的丝瓜，想着将一些藤蔓往栅栏上引一引，让丝瓜长得更顺畅、更好看些——其实，秧子怎么爬都是长丝瓜，最终吃的也是丝瓜不是藤蔓，但是，让绿色爬满栅栏，总比这一团那一堆、没规没矩看着舒服些。

人老了，不代表审美也老，不代表可以稀里糊涂地应付自己。

8月的傍晚，有点热，好在年龄大了，似乎不那么怕热了。张强华探身将一条垂在栅栏内的瓜蔓拎上来，搭在几根竹竿上，看看，显得规矩、好看多了。水北商会的那些志愿者们来家里，都喜欢到这小菜园转一转，不能让人家感觉太乱了。老人脸上露出一丝笑，又看了看园子里种的一小片空心菜、一小片红薯秧，还有不远处的几株红辣椒，心满意足地转身，朝屋内走来。恰巧老妻简欠妹的叫声也传了出来。

"恰饭（吃饭）喽——"

"好嘞！"张强华朗声应道。

进了屋，右拐是餐厅，洁白的桌布上，已经放了两碟两碗两双筷，一小盆米饭，外加两个倒扣的玻璃杯——张强华不由得咽了咽口水，不是因那一荤一素的下饭菜，而是两只杯子。哦，是的，玻璃杯子才是最吸引人的。

"我去洗手。"老人对正在摆放餐具的老妻说。

进了厨房，窄窄的一间屋子，被简欠妹收拾得干净利索，脚下的水泥地泛着经年累月被墩布拖拭出的青光。水池的上边，整齐地挂着三条毛巾，一条是张强华的，一条是简欠妹的，还有一条是擦拭厨具的，皆很旧却很整洁。洗了手，慢慢擦干净，张强华来到了餐厅。

一楼的小房间，窗外就是街巷，边吃饭边看外边路过的人，熟人、熟景，不断变化的事情……比看电视有意思。两把樟木椅早已摆好，老伴已经坐下，张强华笑着问："还要喝点？"

"喝点就喝点。"简欠妹八十八岁了，说话却有底气。

靠窗的位置，放着一排旧桌，上面从右至左，摆着一个带阀门的玻璃酒桶、一台微波炉、一堆摆放整齐的易拉罐啤酒。张强华先拿起一只玻璃杯，拧开酒桶阀门，为自己接了杯稻谷烧酒。

"我这个不怕跑味儿，你那个啤的怕。"说罢，将烧酒杯放回餐桌上，又取过一罐啤酒，噗地一声打开，为老妻倒满了杯，"起沫儿了，你快啜一啜。"

简欠妹听话地低头吸溜一下，将溢出的酒沫儿咽下了肚，而后老夫妻你看看我、我瞧瞧你，不约而同都笑了，像两个调皮的孩子。

此刻，窗外的水泥路上，若有不熟悉张家情况的人经过，望见屋里的这一幕，定会认为这对老夫妻从始至终都是如此惬意与幸福。只有张强华自己知道，若非有水北商会和村干部的照顾，他和老妻的日子，不可能这么安逸。

年轻时，仅有小学文化的张强华学会了手工刻章，在水北镇兢兢业业干了大半辈子，也攒了点钱，这才有实力于1990年建了现在住的这栋小楼房。盖了新房，却与妻子感情不和离了婚，几年后与简欠妹走到一起。张强华与前妻唯一的儿子不赞同父亲再婚，心里便有了隔阂，与老人的关系也渐渐出现裂痕。彼此又不善于弥补，只会硬碰硬。后来，儿子干脆带着妻儿住到了新余城里，很少再在村里露面了。

这还不是最让人心痛的。

家人嘛，有时情绪不对，产生点隔阂，终究抵不过血脉亲情。谁曾料到，后来儿子竟然罹患直肠癌，几经医治，还是在2020年腊月撒手人寰。从这以后，儿媳和孙子一家，彻底与张强华断绝了来往。

张强华只能与简欠妹相依为命。

每当有人问张强华想不想儿子、孙子时，老人总会倔强地说："没得感情，关系不好，不想。"久而久之，乡亲们以为他真的不想。只是张强华自己清楚，每逢大节，街坊邻居们都是父母儿孙一大家子，他家却冷冷清清仅有老两口，那种空落、寂寥，像是一根根钢钉，直接钉入他的骨髓。

刻了一辈子章，心也刻硬了，哪怕那里头已经空成了坚硬的戈壁滩，张强华也从不在外人面前表露丝毫，进进出出挺胸抬头，骑着电动车去水北大集，速度不比中年人慢。然而，那一天，一群穿着红马甲的人，走进这略显潮湿的小楼，站到张强华与简欠妹老两口面前时，倔强的老人还是红了眼眶。

"我们是水北商会的，过节了，来看望您和奶奶……"这些人有的对张强华说，有的对简欠妹讲，叽叽喳喳，屋子里顿时热闹起来。

茶喝够了，话讲透了，水北商会的人起了身，留下一堆慰问品和一些慰问金，辞别老两口，出门上车走了。望着几辆车缓缓消失在村口，张强华抹了抹眼角，望了望湛蓝的天，心想，这些人真好，若是能常来，家里就热闹了。

再细想，又不抱多大希望。

然而，到了年底，水北商会的人又来了，还带给二老一千元慰问金。这下子，张强华心中的一块石头落了地，感觉平淡的日子有了新的盼头。

人啊，心里有念想，日子过得就有劲儿。

平日里，只要没其他事，老两口总会把屋子收拾得利利索索的。逢年过节，水北商会的人要来；平时，村里的妇女主任时不时也会来；大队里分个瓜啊、鱼呀，不忘给老两口送来。屋子里必须保持整洁，这是对客人们的尊重，也是对自己、对生活的尊重。

张强华觉得，人活到自己和老伴这个年龄——桑榆之年，还有这个精气神，每天还能喝上半斤烧酒，还有啥不知足的？

知足者常乐，赶上一个好时代，知足者更乐。

47. 雪中炭

钱细平，水北商会副会长，钱圩村委下港自然村人，1973 年出生，从事建筑行业及康养行业；李丽君，新桥村委老屋自然村人，1986 年 7 月出生，在家具广场做物业工作。

两人本素不相识，却因为水北商会的一项救助行动，或者说是"命运漏洞修补工程"而有了交集。

2023 年之前，李丽君的人生是圆满的、幸福的，不要说漏洞，即便是头顶的天空，也始终是湛蓝的、清朗的，一丝云朵都没有。她和爱人有稳定的工作，有两个可爱的儿子，大的十五岁，小的十二岁，公婆身体状况尚可，李丽君实在找不出还有什么不如意的。

那时的她，是个幸福而知足的小女人。

然而，谁又能料到，一夜之间，幸福的河流会干涸，完美的天空会破碎，李丽君的世界会天塌地陷。

因不幸罹患急症，丈夫骤然离世，将生活的乱麻一股脑儿丢给了妻子一人。

那些本不该存在的麻团哦，瞬间就变成千钧重的石球、铁球、铅球，一下子将李丽君压得喘不过气来。大概有一个多月的时间吧，她每天只能以泪洗面，忘记了还要去上班赚钱，忘记了还要养活两个孩子和两位老人。

那段日子，悲伤侵蚀了李丽君的所有空间。

苦着，熬着，恍恍惚惚来到了4月份，正当李丽君强打精神，准备继续出门上班，将破碎的日子重新收拢之时，不幸再次降临。

洗澡时，她突然发现双腿出现多处瘀青，不疼不痒，却像皮肤上刺青了一张张诡异的嘴巴，看着很吓人。李丽君吃惊不小，不会是什么不好的病吧？过去，自己可是连感冒都很少得的啊！

惊疑之中，她去医院查了一下。

结果很快出来，晴天一个霹雳，李丽君差点当场昏厥——白血病！病魔张开血盆大口，朝她恶狠狠扑来，要将弱小的她彻底吞噬！

也是奇怪，巨大的打击接踵而至时，人反倒冷静、清醒了。

平静下来的李丽君抹去眼角的泪水，用坚定的目光，环顾了一下自己的生活状况：两个孩子需要继续上学，否则未来愈加不确定；公婆年岁已大，需要有人照料；这个家，至少十年内她是顶梁柱、定海针……这种情况下，她不能放弃，只能挺下去。

亲戚朋友们很快得知她的不幸，知道她无力偿还，于是采取众筹的方法，你五百、他一千、我五千……凑了十万元，将李丽君送到了上海的医院。把医保也转过去后，治疗费用有一半能报销，但将近三十万元的总费用，仍压得人喘不过气来。

无奈之下，李丽君只得将自家情况报给了新桥村委。

在政策范围内，村里又帮她解决了一部分费用，同时将李丽君的情况向水北镇政府做了汇报，水北商会也很快掌握了情况。商会自2012年成立以来，每年会主动到镇里了解情况，对那些出意外、得大病，确实需要帮扶、值得去帮扶的，民营企业家们总会及时伸出援手。

李丽君被迅速列为商会帮扶对象。

2023 年 8 月 28 日上午,雨过天晴,李丽君应邀来到了水北商会。此时,她结束了医院的化疗,正在家中休养。因治疗及时,她感觉好多了,能治好病的信心也更足了。医生说,白血病是能治的,只要病人自己多加注意,三分治七分养,延长寿命,保证生活质量,应该没问题。

在家里,李丽君已能做些力所能及的家务,但还不能多做,多了会感觉很累。

前往水北商会的路上,城市的角角落落弥漫着淡淡的香樟气息,昨夜的雨将路旁的樟树叶子洗刷一新,那清新的味道令人一振,像在沙漠中踽踽独行许久的人,突然望见了月牙泉。

双脚迈进商会的大厅,李丽君的身心是轻盈的。

自从丈夫离世,她很久没有这种感觉了。

商会专门负责公益事业的副会长钱细平接待了李丽君,将装有两万元大病救助金的档案袋,交到了她手中。

"目前身体感觉怎样?"钱细平像在关心自家妹妹。

"还好。"李丽君清脆答道。

"现在还有什么经济来源?"钱细平又问。

"我现在上不了班……"虽然李丽君戴着口罩,钱细平仍能感觉到她的平静,那是一种见识了人生风雨之后的平静。"现在,基本算是没收入了。"她轻声解释。

"家里老人身体如何?"

"还好,公公一直有高血压,不过尚能控制住,"李丽君停顿一下,看了看一脸关切的钱细平,接着说,"现在,老人跟我和孩子们住到了一起,相互有个照顾。"

"商会的大病救助，是有标准的，毕竟要面对整个水北镇……"钱细平想接着解释一下，却转了话题，"这样，咱俩可不可以加个微信，今后再有难处，可以随时来找商会。"

李丽君没多想，彼此加了微信好友。谁知，她刚通过，钱细平就说："我个人再给你转五千元，算是一点支持吧。"

李丽君的眼圈蓦地红了，连连摆手。

"不要客气，请收下吧，再有困难，随时联系我们。"钱细平安慰道。

李丽君想忍，但眼泪还是淌了下来。

将李丽君送出商会大门口，钱细平回到办公室，回想过去。回老家钱圩村委下港村，碰到乡亲们有啥难事，钱细平也经常自掏腰包资助、支援他人，陆陆续续，至少有三百多万元的个人捐助了，但他很少去宣扬。特别是加入商会后，大家都在做好事、善事，服务水北乡村的事，自己做点什么是应该的。

帮人，心里真的很舒服。

这种熨帖、踏实、满足的感觉，仅靠金钱是不能带来的。

第十五章

在水之北

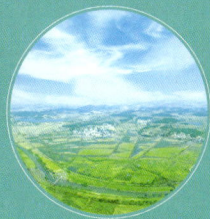

在他的视线尽头，不到三十公里远的北方，就是水北，就是北港、上村、新桥……就是商会这些民营企业家们魂牵梦萦的村庄。

水之北，为阳。

那个充满阳光的地方，永远是他们的家乡，他们的家！

　　民营企业家们渐渐发现：人生旅途，其实有一条无形却又坚韧的线，在前面牵引着你，当你以为正沿着预定的方向前进时，这条线却悄悄将你引向别的路途，某一天，等你明白过来，一切已成既定事实——这，大概就是内心深处所隐藏的某种神秘力量吧。

　　或者说，是信仰。

　　这种信仰，基于爱，对脚下大地的爱。

48. 使命线

　　"人活一世，总要为社会做点事情。"人到知天命之年，回眸一步步走过来的路，敖志良如是说。

　　他本该和敖小海一样，也在水北镇新桥村的土地上长大，但他不是。敖志良的祖籍是新桥村，人却在新余市里出生。

　　命运起点的改变，归功于他的父亲。

　　当年，敖志良的父亲是名司机，在新余市汽车运输公司工作，驾驶那种需要烧木炭的汽车——当然原始，当然很慢，咬牙切齿地跑，时速不过三四十公里。然而，正是开着这种慢吞吞的汽车，敖志良的父亲得以走出那时贫瘠的乡村，也给了儿子一个相对舒适的童年。

　　日子，在城市的街道上快乐地奔跑着，这儿瞅瞅，那儿看看，似乎对一切都感兴趣，却不肯放慢脚步。新余这座小城的角角落落尚未全部转遍，有些街道的名字尚未烙印心间，敖志良就已高中毕业，考上了江西省劳改工作警察学校（今江西司法警官职业学院）。

　　他离开了新余。

在校园里，穿上警服的敖志良，意气风发，一想到将来能除暴安良、保一方平安，如古代大侠那样受到人们的敬仰，他就会豪情万丈、热血沸腾。这时的他，有的只是美好憧憬，没有心思回头望一眼走过的路，更不会将目光投向水北、投向新桥。

小时候，敖志良的外婆仍在水北生活，放寒暑假，他经常跟父母回新桥看望老人。在外婆家，敖志良也曾院里院外疯跑，也曾偷偷去蒙河摸鱼捉虾，但随着年龄的增长，尤其外婆去世后，新桥村对于敖志良而言，成了个距离越来越远、很少再涉足的地方。那里的山，那里的水，那里的田，那里的人，最初在他心中还是清晰的，渐渐地，被岁月隔上一层纱，接着是一道屏风，到最后变成了一堵墙。

敖志良以为，穿上警服的自己，再不会与水北、与新桥产生任何联系。

1992年，二十一岁的敖志良毕业。

翌年，他参加工作，进入新钢公安。守护着新钢，看着新钢将一炉炉炽热的铁水变为坚硬的钢铁，那些钢铁又奔赴国家的各个角落，为社会发展提供坚硬的支撑，再看看自己身上的警察制服，警察职业同样是这个社会坚硬的支撑，敖志良感到莫大的欣慰。在这种可以让人每天都脚踏实地的日子里，敖志良组建了自己的家庭，有了贤惠的妻子，有了可爱的孩子，他觉得，人生就这样也蛮好。

这种波澜不惊的日子，他过了整整十年。

在这十年中，敖志良最大的想法是好好干，能弄个一官半职便圆满了。

然而，命运的机器太过复杂，我们的认知总是浅显。

他的一位老同学、老朋友，开始频繁出现，有时去他家里，有时来单位。

这个老同学，过去在新余市棉花公司业务科当科长，新余盛产棉花，品质优良，当年的棉花公司也很火。怎奈世事多变，后来企业改制了，老同学的辉煌不再，索性转行，去了一家水泥厂。这水泥厂是老同学的妹夫承包的，他这个舅哥前来，当然会有一席之地。

一个做水泥的，天天找敖志良谈心，话题必然跟水泥有关。

老同学对敖志良说了很多，翻来覆去，其实就一个意思：让他去烧石灰。不过，话到老同学的嘴里，居然充满了科技含量。敖志良在新钢上班，耳濡目染，明白这的确不只是烧石灰，也没那么简单——生产氧化钙冶金助熔剂，这个东西干啥用的，他当然清楚。

"非常有前景，干吧！"老同学目光灼灼。

敖志良仍在犹豫。

"水泥厂的需求量也很大。"老同学又说。

对方如此恳切，敖志良只能点头。

"那我先试试看。"一句话说出口，敖志良的心猛地蹦了几下。

这一试，就是两年。

这一试，敖志良就在这条道上跑了下去。

正如老同学所说，工业用氧化钙的市场的确很大，敖志良做下来了，后来买矿山、炸石头、烧石灰，很快形成了完整链条，做到了新余市这个行业中的翘楚。

敖志良发现，生活不只是朝九晚五，还有另外一种方式，同样能体现自我对社会的价值。

他喜欢上了做实体企业。

在人群中，祖籍水北新桥村的敖志良，与水北慕江村出生的习润根性情相似，皆属于话不多的那类人，这种性情，往往意味着体内蕴藏着磅礴力量。这种力量,体现在干事业上,就是目光长远,有闯劲,有韧劲,认准目标便会坚持到底。

敖志良准备拉长产业链了。

这次不用老同学撺掇,他已将目光投向了另一种产品:纳米碳酸钙。

这种20世纪80年代发展起来的新型超细固体粉末材料,在生产塑料、橡胶、涂料、油墨和造纸等诸多方面,都用得到。

明确了前进方向,敖志良不再允许自己摇摆。

几年过后,他的两个分厂形成了规模,一家生产氧化钙,一家生产纳米碳酸钙,产品销路都很不错,敖志良的实力逐步增强。这时,他开始涉足房地产领域。多年之前,他就认识了钱小云,彼此都跟水北有着深厚感情,能说到一起去。

2011年,在钱小云等水北企业家的影响下,敖志良开发了一个三百多亩的房地产项目,一番打拼下来,效益还不错。

在新余商界,敖志良站稳了脚跟。

站稳脚跟的敖志良,选择加入水北商会,开始为新的目标阔步前行。

49. 绵香悠长

光阴荏苒,进入2022年。此时的水北商会,已像新余"市树"——香樟那样,不知不觉中,年轮扩容、枝叶更迭,内里发生了质的改变,但在外人眼中,只见枝繁叶茂、生机勃勃,并不晓得大树本身经历了怎样的风雨。

水北商会开始谋划换届的问题了。

天气渐凉，再看时间，已是 11 月底。这天，商会党委书记、会长邹细保心事重重地走进了顾问何华武的办公室。

自从退休以后，老何晚霞生辉，被商会请来做顾问，虽然不领工资，却干得兢兢业业、欢欢喜喜，恨不得天天泡在商会，为水北的乡村振兴好好发挥一下余热——莫道桑榆晚，为霞尚满天。老何嗓门高、心态好、经验丰富、脑筋活络，商会的企业家们对他服气、敬佩。

"十年喽，水北商会走到今天，不容易啊……"接过邹细保递来的烟，何华武点燃，浅浅地吸了一口。

"您为商会也付出很多啊。"邹细保说。

"是大家给力。"何华武说。

他说得没错，十年树木，在这十载春秋里，水北商会这棵香樟树能枝繁叶茂，跟全体会长、所有会员们的努力分不开。

在这风风雨雨的十年中，他们持之以恒做善事、行义举，助养老人、资助五保、救助贫困、奖优助学、尊师重教、产业扶贫、移风易俗、社会调解、修桥建路、乡村亮化……商会成为党建示范基地、社管补充平台、民间进步力量、会员温暖之家，连续两届被评为全国"四好商会"，为打造百年商会奠定了坚实的基础。

"江山代有才人出，各领风骚数百年啊！"说着聊着，邹细保发出了慨叹。

"哟，会长走文艺路线啦？"何华武开玩笑道。

邹细保也笑，笑够了，才一脸认真地说："顾问，咱得考虑选新人上了，新人新思想、新血液，水北商会才会更繁荣……"

何华武向邹细保投去赞许的目光。在过去的时光中，眼前这个精瘦的汉子，凭着对水北的一腔热忱，为了振兴水北乡村，为了壮大水北商会,自己掏腰包为商会捐赠办公大楼,多大的气魄、多广的胸怀啊。如今,为了商会的长远发展,他又主动提出会长换届,这样的民营企业家,值得点赞。

接下来,邹细保细细地跟何华武谈了自己的想法,以及对商会未来的思考。何华武认真地听着,时不时提出一些中肯的建议……

邹细保等人边推进各项工作,边谋划换届,日子愈加充实而忙碌。在这个关键时刻,一个不好的消息传到了水北商会:

老会长熊水华病危!

自2015年辞去会长职务后,多重压力导致熊水华身体状况越来越差。邹细保等老会员们十分挂念,经常过去看望一下他,讲讲商会里的新鲜事,为老会长宽宽心。熊水华也一再表示,自己会面对现实,尽快走出阴霾,迎接新生活。谁承想造化弄人,他的各项健康指标仍直线下降,到后来,竟被确诊为肺癌……如今,得知老会长病危,众人心急如焚。

邹细保、何华武等人立即驱车前往熊水华所在的医院。

一见面,大伙儿的眼圈就红了。熊水华竟瘦成一棵落光叶子的枯树,陷在病床上,像与被褥融为一体,唯有头部格外刺目。

有人开始抹泪。

为了不影响病人情绪,除何华武外,邹细保让商会其他人去外面等。人们开始朝外移步,这时,熊水华开了口。他的儿子、徒弟立即围拢上来。何华武、邹细保两人静静地站在一旁,人们知道,老熊这是有事要交代。

病痛的折磨下,熊水华说话已极费气力,断断续续讲了很长时间,才把意思表达清楚:

还账。自己的房地产项目没能做完,欠下很多钱,儿子和徒弟要去还,尤其是国家的贷款,必须还;个人的借款,也要还清。他自己没这个能力了,自己的儿子必须办到,否则,去往另一个世界,他也不会安心……

聆听的人再也无法抑制情绪,泪水夺眶而出。

"老会长,您放心,大家都是商会会员,不会有人难为您和您家人的。"邹细保哽咽道。

"我知道……但……但欠大家的……终究是要……要还的……"熊水华断断续续地说。

一旁,何华武已心如刀绞。

2022年12月9日凌晨4时26分,水北商会第一届会长熊水华——为熊坑人建起熊坑新村的民营企业家熊水华,因病医治无效,在熊坑老家与世长辞,享年六十七岁。

得知噩耗,商会全体成员陷入悲痛之中。

在熊水华倾注满腔热忱与激情的熊坑新村,敬佩他、感激他的人们为他举行了盛大追悼会,水北商会会员、熊坑村村民、附近的乡亲……自发前来悼念熊水华的足有上千人。

白皑皑的挽联,黑压压的人群。

赶到追悼会现场,邹细保只是远远地望了一眼灵棚,泪水便倏地溢出眼眶。一排香樟树下,灵棚肃穆地矗立在红土地上,四周花圈敬挽、哀乐齐鸣,香樟树的叶子在北风的吹扰下,扑簌簌晃动,也在倾诉着哀思。这些香樟树,是建设熊坑新村时移栽过来的,已有碗口粗,它们像一个个正直、坚韧的水北汉子,默默地守护着逝者亡灵。

追悼会由水北商会常务副会长钱小云主持。

全体默哀毕,水北商会党委书记、会长邹细保致悼词。他缓步来到话筒前，饱含深情地说：

"今天，我们怀着十分悲痛的心情，在这里举行追悼会，沉痛悼念我们的好会长熊水华同志。

"熊水华的逝世，让水北商会失去了一位好会长，让熊坑村失去了一位功臣，让孩子失去了一位好家长。他的逝世，不仅是家族的损失，更是水北商会的重大损失……蒙山垂首，蒙河呜咽……

"一人富是家庭富，一村富是族人富，全体富才是真正富……熊水华同志在关心家人家族幸福的同时，更关心家乡父老共同致富。2012 年，水北商会正式成立，熊水华同志被推选为首任会长，在他的带领下，水北商会全体会员共同努力，做善事、办好事，扶贫济困、修桥铺路、建校助学、助养老人，举办各种公益事业，深得乡亲们的欢迎和称赞，为全市、全省树立了榜样。他也于 2013 年当选为新余市政协委员，2014 年荣登中国好人榜，成为全国助人为乐的楷模。

"……水北商会'党建引领商会'的发展模式在全市、全省推广，商会连续两届被评为全国'四好'商会。这一切都是熊水华同志打下的基础，他是水北商会的功臣。

"功臣已去，耀星已落，痛心疾首。

"在深切缅怀熊水华同志的同时，让我们继承他的事业，擦干悲伤的泪水，化悲痛为动力，学习他的优良作风、奉献精神、求实风格和高尚品德，坚持不懈抱团做公益，坚定不移带动乡亲们共同致富，把水北商会的旗帜一届届传承下去，以告慰熊水华同志在天之灵。"

50. 赓续

2023 年春节过后，会长办公会上，商会党委书记、会长邹细保正式提出将第四次全体会员大会暨换届大会列入日程，在此之前，他与何华武以及其他副会长进行了深入沟通，对水北商会的未来有了清晰思路。

关键的会长人选上，所有豆粒都投入了同一只碗——副会长敖志良。

在水北商会众多民营企业家中，敖志良的企业算不上最大，也不是实力最雄厚的，大家之所以看好他，在于他的为人以及做事的态度。

敖志良平时话不多，但凡开口，势必经过深思熟虑。他加入商会，是为了追寻社会价值与自我价值的完美结合，是出于对家乡水北的眷恋、对乡村振兴事业的热爱，更是源于一种精神、一种信仰。

中国式现代化，乡村不能缺席。如何谱写乡村振兴的新篇章，如何使商会会员由传统的暴发户变成新乡贤，带领乡亲们共同致富，这是持续的工程，只能前进，不能踏步，更不能退缩——水北商会要建成百年商会，关键步骤必须谨慎、务实。

第四次换届，引起各方关注。

2023 年 5 月 7 日，一个阳光灿烂的日子，水北商会第四次全体会员大会暨换届大会召开，敖志良众望所归，当选水北商会第四届会长，邹细保继续担任商会党委书记。

敖志良缜密、前瞻的做事风格，很快在商会的远景谋划中显现出来。

在第四届首次会长办公会上，敖志良向班子成员提交了商会下一步发展规划，并做出详细说明。

"十年前，本着回报社会、回报家乡的朴素情感，我们抱成一团，成立了水北商会，那时的我们，处于'自在阶段'，在党建工作的引领下，很快走上了大道……"敖志良的话掷地有声，将众人目光吸引了过去，"我们水北的企业家，对家乡有着浓厚情感，是这方水土养育了我们，回报水北是我们的责任、义务……如今，商会发展到第四届，已进入'自为阶段'，摆在大家面前的首要问题，是可持续良性发展的问题……"

之前，敖志良曾与邹细保沟通过自己的工作思路，但此刻，再次听他条理清晰地讲这些，邹细保仍不禁暗自赞叹——长江后浪推前浪，果真不假！在敖志良会长的带领下，水北商会未来可期！

很快，商会内部进行调整，设立了"四部一司"：发展事业部、农村产业发展部、公益事业发展部、会员发展维权部和水北建筑公司。

水北商会的新变化，新当选的副会长敖小海感触最深，他分管发展事业部——此敖小海非彼敖小海，先前的是新桥村委街上村的，新当选的是昌下村委后敖村的，两者重名。昌下敖小海 1970 年出生，比新桥敖小海年轻七岁。

两位敖小海都选择加入水北商会，是缘分，更是基于共同的信念，彼此都想借用商会这个平台，为养育自己的家乡做点事。

因晚出生几年，昌下敖小海没饿着肚子长大，但家境也不宽裕，长身体的阶段，营养没跟上去，初中毕业了仍显得瘦小。农村娃儿，再瘦小也逃不开干农活。稻田距家里有很远的一段坡路，来回走着都累人，每逢收稻谷时，还要用肩膀将稻谷一担担挑回家，几趟下来简直让人喘不上气。于是，昌下敖小海有了离开水北去外地学个手艺的想法。

在那时的他看来，干啥都比在村里种地强。

事实也的确如此。

在秋收起义爆发地之一的铜鼓县，昌下敖小海学了三年的木工，因为头脑灵活，又有技术，很快带上了两个徒弟，从打家具开始，到他二十三岁时，已在水北开了家建筑公司，有能力承包一些小的建筑项目了。熬到这个地步，昌下敖小海算是实现了当老板的梦想，且顺风顺水，业务越做越大，"雪球"滚到2016年前后，他已是横跨房地产、矿产行业的成功企业家了。

2012年，水北商会成立时，昌下敖小海成为理事，但他只干了两三年，因自身经营项目多，事情也多，暂时离开了。到第四届换届时，得知消息的他，猛然意识到自己的企业做到这个程度，不再是他敖小海个人的企业了，开始有了社会属性，他必须重新抉择前进的方向，重新定位奋斗的目标了。

这种观点，在水北商会的民营企业家中早已形成共识：赚一百万，是属于个人的；一千万，是家族的；一亿以上，就是这个社会的了。

昌下敖小海毅然决定，再次加入水北商会。

新一届会长班子里，他负责商会发展事业部——就是负责为商会赚钱，打造商会的集体经济，解决商会可持续发展的物力、财力问题。商会每年都要在颐养之家等公益事业上投入大量资金，没有稳定的资金来源，仅靠企业家们个人捐资，终究不是长久之计。

建设属于商会自身的实体企业，跟政府合作打造混合制企业，将风险降到最低。同时，商会班子成员也要做好奉献准备，一旦商会自有企业亏损，大家要垫资确保其正常运转。第一个企业办得可以了，再一生二、二生三……如此一来，商会就有了稳定的资金来源。

丰收时节晒谷忙（刘秦贵 摄）

　　本着循序渐进的思路，昌下敖小海开始了他在水北商会的新事业。

　　他很投入，自接手以来，昼思夜想的全是如何把商会的企业办好、办扎实，只能赚不能赔，自己公司的事反倒没空考虑那么多了。

　　水北商会建设商会企业，是为自身造血，但给水北乡村培育造血功能，才是民营企业家们的终极目标。过去，大家支援乡村建设，常常是这里几万、那里几十万地发红包，激进且散乱，偶发性、随意性太强，不是个理性的做事办法。

　　必须变输血为造血。

　　农村产业发展部就有了用武之地。

　　副会长陈木生是该部的领头羊，负责分管颐养之家、乡村振兴以及

"万企兴万村"工作。早几年，商会也曾邀请过他，但陈木生认为商会会员大多是搞建筑行业、房地产行业的，自己一个做农业的，进去有点另类，就没加入。

没加入，不代表没关注。

这些年耳闻目睹，见水北商会一步步发展至今，为家乡父老做出那么大的贡献，乡亲们提起来总是赞不绝口，陈木生也就有了融入其中的想法。都是水北的企业家，别人能为桑梓效力，自己当然也能。

加入商会后，在新会长敖志良的组织下，陈木生带领农村产业发展部全体成员，将目光投向打造产业发展龙头项目——琴山油茶上。前些年，在镇政府投入的基础上，商会曾资助琴山村委五十万元，使油茶产业有了一定基础，乡亲们也受了益，分到过一些钱，但实际效果与人们的目标还差很远。

1967年出生的陈木生从农校毕业后，在乡镇供销社工作了很长一段时间，2005年才自己创业。他先是做农资批发，后来又承包土地种水稻、药材、西瓜、大蒜等，渐渐地成为新余有名的种植大户。

敖志良请陈木生担任分管农村产业发展部的副会长，可谓知人善任。

如今，在陈木生等人的推动下，琴山油茶项目的标志已经设计出来，新的榨油设备也交了订金。水北商会准备在琴山打造五百亩示范基地，争取用两年时间，使亩产达到一千斤，生产高端油茶，将其打造成地理标志产品；再把商会年轻的会员动员起来，采用电商销售模式，将琴山油茶作为一种主油来推广，造福消费者的同时，更造福当地农民。

有钱赚，乡亲们的积极性自然就高了。

陈木生认为，在水北商会，自己大有可为。

──────── 51. 永远的家 ────────

乏累之时，邹细保会起身走出办公室，下楼来到门前的小广场，抬头挺胸，目光平视，双臂大摆，由着两条腿快速迈动，直至血脉通畅、浑身发热，额头沁出细密的汗珠，才缓下步来，再慢慢转上一两圈，待神清气爽了，回办公室继续工作。

2023 年初秋的一个午后，他照常这么做了。

完事，并未急着上楼，而是信步来到广场的西北角，端详起那块硕大的迎门石。大石憨厚、敦实，不乏灵气，上书"水北商会"四个填漆大字，字体蚕头燕尾，遒劲有力。不过，此刻吸引邹细保的，却是那八个略小些的字——精工水北，信义天下。

这不仅是水北商会的精神，更是水北人的精神。

树旗帜不易，守阵地更难。

时光，如大河奔涌，谁也无法令其回头。商会成立至今，十周年仿佛转瞬即逝。然而，那些往事的涟漪、浪花、漩涡，看似消散在时空的湍流中，其实并没有。过去的每一次彷徨，每一个决断，每一回付出，每一滴汗水，每一分收获，全部化作记忆，刻在了人们心中，像用激光镌于钢板上。

当年，为解决商会办公场所紧张的难题，邹细保个人出资三百七十八万元，在市区繁华地段购买了九百多平方米房产给商会办公，并将产权赠予了商会。后来，又捐资四百万元，投入新商会大厦建设，还为邹家村铺路、建房……2019 年，邹细保被民政部授予"中华慈善奖"；

. 256 .

2021年，他又被评为"全国脱贫攻坚先进个人"——真正令人振奋的，是这几年在各级党委和政府的引领下，商会作用发挥得越来越显著，截至2023年初，全体会员为家乡建设捐物、捐资已达两亿多元，商会更是获得诸多荣誉：全国"商会党建工作示范单位"、全国先进基层党组织、全国"四好"商会、全国敬老模范单位、全国五一劳动奖状、全国抗击新冠肺炎疫情先进商会组织。

　　现在的水北商会，不仅是会员们的家，也成为所有水北人的家。非会员的水北人到新余市区，路过商会，同样会进来看一看、坐一坐、聊一聊；有水北人在外地经商、做企业的，会特意邀请合作伙伴来新余，到水北商会转一转，商会为他们安排讲解员，为远方客人介绍一下商会发展的历史、取得的成绩、产生的社会效益，令在外打拼的水北人觉得十分荣耀，腰杆挺得更直了……在过去的十年中，水北商会用行动证明，当年成立本土商会是正确的，水北这片红土地，在镇党委、镇政府的努力下，在商会的助力下，已经被彻底唤醒，正在舒展其曼妙身姿，向更加灿烂的明天奋力奔跑。

　　如今的邹细保，有理由为商会、为所有同行者感到骄傲。

　　当然，他也十分清楚：实现老有所养、幼有所教、病有所医，仍只是乡村振兴的基本要求，要想在水北全镇实现产业兴旺、生态宜居、乡风文明、治理有效、生活富裕，需要做的事情还很多，需要投入更多的力量，尤其是年轻人的力量！

　　只有更多的年轻人加入，水北商会这艘大船才可以永葆乘风破浪的态势。

　　突然，一只小小的鸟儿，比麻雀还小，精灵般落在迎门石上，头顶

江山如画：水北镇的新生活

一撮漾着绸缎般质感的红色羽毛，像火炬在燃烧，颈部却是一环金黄色的翎羽，极漂亮，像围了圈黄澄澄的金项圈。鸟儿歪歪脑瓜，看了看凝眉静思的邹细保，没容他再仔细瞧瞧，一个跃身，又扑棱棱向北飞走了。

有那么几秒，邹细保怀疑自己看花了眼，但那簇红色，那火焰般的红色，却清晰地舞动在他的脑海中，令他思绪澎湃，瞬间想起了很多。

那天，在商会工作会上，第六联络处处长何建勇讲了一件发生在他们老家的事，引起了邹细保、敖志良等人的极大关注。

水北镇楼前村委何家村——何建勇的老家，也是如今商会总顾问何

古樟下的欢乐（陈军 摄）

华武的老家，水北的一个偏远小村，与樟树市交界，村子人口不多，没出过大老板，现在也发生了大改变。

当然与政府的引领和水北商会的助力密不可分。

商会成立以后，在会员何杰的牵头下，何建勇等何家村子弟响应镇政府和商会号召，捐资二十六万元，在修缮众厅之后，又将全村角角落落做了绿化，栽上香樟、红叶石楠、松柏等树木，曾经看上去灰头土脸的小村庄，摇身一变，成为人们眼中的世外桃源。

那时，何建勇等人尚未意识到，他们栽下的，不仅仅是花草树木，更在年轻一代的心里，栽下了一棵棵理想之树、奉献之树。

2023 年清明过后的一天，何建勇突然接到村里"80 后"何明明的电话，说有一笔款项，打算放在他这里代管。何建勇当时蒙了一下。他是 1972 年出生，何明明 1985 年出生，彼此间的代沟不说比蒙河宽吧，那十三年的差距也不容小觑。

于是追问来龙去脉。

问清楚后，何建勇不禁一阵感动。

清明时节，村里的"80 后""90 后"回乡上坟祭祖，完毕，年轻人聚到一起吃了个饭，席间聊着聊着，说到了村里的发展，说到了水北商会。

"咱村如今变得这么好，都是镇政府带领水北商会帮咱们建的，"年龄最大的何明明率先起了头，"咱们也得做点事啊，否则，将来咋跟咱的后代交代？"

"村里的硬化、绿化、美化，都被他们弄好了，还能干啥？"

"入水北商会的，都是有一定实力的企业家，咱们要么在外打工、要么开个小店，做大事没能力啊……"

"我呢，更不行了，不过是个上班领工资的。"

…………

众人七嘴八舌。

"想不想做吧?"何明明笑问。

"当然喽!"小伙子们纷纷应道。

"做不了大事,咱们可以做小事啊!"何明明眼中有光亮划过,"现在,咱村还差点啥?"

"差啥?"

"是不是夜里还在摸黑走路?"何明明提醒道,"水北其他村都实现了路灯全覆盖,咱们村也不能落后啊……"

众人恍然大悟,纷纷点头称是。

于是,何明明带头捐款两万元,何建伟、何永飞、何毛块、何俊等在外打工、上班、做小生意的年轻人争相解囊,合计捐资十二万元,用来安装全村的路灯。出于对水北商会的信任,何明明给何建勇打去电话,说明事情经过,提出上半年雨水多,不便施工,请他暂为代管这笔捐款,并通过商会帮着联系路灯厂家和施工方。

"我们离家远,还请何处长多费心,帮我们完成这个心愿,钱不够,我们几个随时再捐……"何明明恳切地说。

邹细保记得,当时何建勇还给众人看了微信群记录。手机里,何明明等人发出的红包像一面面火红的旗帜,在屏幕上整齐排列,令人眼前一亮。

哦,新的力量、新的梯队正在迅速形成。

水北商会,未来可期。

水北乡村的明天,会更加美好!

想到这儿，邹细保顿感神清气爽。他转过身，精神抖擞地朝办公楼走来，上到门前台阶，突然又停住了；他回过头，朝那只精灵鸟飞去的方向，极目眺望了良久。

只见劳动北路上，人流如织，车来车往。

繁华中孕育着宁静，宁静中诞生了希望。

这一切，令邹细保感到很安心、很熨帖。

因为，在他的视线尽头，不到三十公里远的北方，就是水北，就是北港、上村、新桥……就是商会这些民营企业家们魂牵梦萦的村庄。

水之北，为阳。

那个充满阳光的地方，永远是他们的家乡，他们的家。

魂牵梦萦的家乡（陈智　摄）

后 记

新余历史悠久、人文底蕴深厚,是东晋干宝笔下毛衣女下凡的地方,是明代世界科学巨著《天工开物》的成书之地,又是江西商人寻求精神寄托、江右商帮的策动起源之地。正是在中华优秀传统文化的滋养下,水北商会得以诞生并茁壮成长,成为全国商会的标杆。近年来,在党和政府的领导和支持下,水北商会心系乡村、报效桑梓,推动实现产业兴旺、生态宜居、乡风文明、治理有效、生活富裕,是贯彻落实党的二十大精神、推进农业农村中国式现代化的生动实践。

为聚焦中国式现代化的农业农村新风貌,讴歌新余的山乡巨变,书写这个伟大的时代,我市邀请了中国报告文学学会副会长李春雷创作了长篇报告文学《江山如画:水北镇的新生活》。本书的创作背景源于习近平总书记对水北商会的两次点名表扬。第一次是 2016 年 2 月,习近平总书记考察江西时,对新余市成立水北商会和在商会建立基层党组织,引导本土民营企业家回馈故里、支援新农村建设的做法进行点名表扬;第二次是 2023 年全国"两会"期间,习近平总书记称赞水北商会带领 6000 余名农民本地就业,形成举党旗、抱团干、带民富的生动局面,并称赞这是个壮举。

本书在中共江西省委宣传部的指导下,由中共新余市委宣传部、水北商会牵头组稿,由江西人民出版社出版。本书出版过程中,得到了渝水区委宣传部、分宜县委宣传部等各级党委、政府及有关部门的大力支持,以及行业内多位专家学者的指导帮助,在此一并表示诚挚的谢意!

中共新余市委宣传部

2023 年 11 月